FLÁVIO IZHAKI

Movimento 78

Copyright © 2022 by Flávio Izhaki

Grafia atualizada segundo o Acordo Ortográfico da Língua Portuguesa de 1990, que entrou em vigor no Brasil em 2009.

Capa
Celso Longo

Preparação
Willian Vieira

Revisão
Valquíria Della Pozza
Nestor Turano Jr.

Os personagens e as situações desta obra são reais apenas no universo da ficção; não se referem a pessoas e fatos concretos, e não emitem opinião sobre eles.

Dados Internacionais de Catalogação na Publicação (CIP)
(Câmara Brasileira do Livro, SP, Brasil)

Izhaki, Flávio
  Movimento 78 / Flávio Izhaki. — 1ª ed. — São Paulo : Companhia das Letras, 2022.

  ISBN 978-65-5921-203-3

  1. Ficção brasileira I. Título.

22-103192   CDD-B869.3

Índice para catálogo sistemático:
1. Ficção : Literatura brasileira   B869.3

Maria Alice Ferreira – Bibliotecária – CRB-8/7964

[2022]
Todos os direitos desta edição reservados à
EDITORA SCHWARCZ S.A.
Rua Bandeira Paulista, 702, cj. 32
04532-002 — São Paulo — SP
Telefone: (11) 3707-3500
www.companhiadasletras.com.br
www.blogdacompanhia.com.br
facebook.com/companhiadasletras
instagram.com/companhiadasletras
twitter.com/cialetras

*Para Bá, Anita e Joana,
Akiva, Fania, Elisa e Otávio*

Começou com um barulho alto. Foi como se a barreira do som houvesse sido quebrada em cima do estádio, um rasgo-ruído na pele azul do céu sem nuvens que sombreava a imagem da televisão na sequência do verde do gramado para o pontilhismo em alta definição das cabeças nas arquibancadas.

A câmera logo buscou Christian Pulisic, a estrela norte-americana. Ele olhou para cima e depois voltou a se aquecer, aparentando um alheamento que posteriormente seria bastante questionado. A televisão focou o público que lotava o estádio para a abertura da Copa do Mundo de 2026, uma coleção de pessoas com fenótipos diferentes, roupas e uniformes extravagantes, bonés, óculos, bandeiras, máscaras e celulares. E então novamente o som invadiu o estádio e a transmissão de TV, dessa vez ainda mais alto. Os torcedores ainda demoraram um microssegundo para olharem para cima. A câmera estava parada numa criança com uma camisa da seleção brasileira, embora a abertura da Copa fosse entre os norte-americanos, os donos da casa, e os espanhóis. O menino olhou para o céu e levou a mão à vista para se proteger do sol. A imagem da televisão ampliou um pouco o enquadramento e foi possível ver o pai enlaçando o garoto num abraço apressado, levando-o para seu colo e ensejando sair correndo, embora a lotação do estádio impedisse qualquer tentativa de movimento brusco.

A câmera de transmissão cortou para o campo. Dois jogadores da Espanha — um marroquino de nascimento e outro brasileiro — apontavam para o céu. O barulho já havia passado, pelo menos aquele som gutural. Mas então vieram os gritos. Foram tantos que, para quem estava assistindo pela TV, pareciam som de estática. Os jogadores saíram correndo, com todo o seu esplendor atlético, como se disputassem uma bola lançada em profundidade para a entrada da área que decidiria a partida. O ponto futuro não era a grande área, mas os vestiários. Uma sequência de apitos também foi ouvida, o árbitro, qual um guarda de trânsito, desesperado com o goleiro espanhol que simplesmente se ajoelhara debaixo da trave e parecia rezar. A câmera deixou o goleiro sozinho e apontou para o céu, provavelmente a mando do diretor de TV, a postos numa van fora do estádio ou dentro de um estúdio de transmissão a quilômetros dali. Ele, como todos, devia estar curioso com o que estava acontecendo, causando todo aquele alvoroço. Do céu caía o que parecia ser uma chuva de prata, embora o que flanava em profusão, sem pressa em desabar, certamente não eram pingos.

Outro som foi ouvido, no estádio e na TV, e sobre esse não havia dúvida. Uma rajada de metralhadora, depois outra, outra, outra, outra, sequências contínuas de dezenas de tiros por segundo. A câmera facilmente encontrou os soldados que atiravam para cima, em posição de combate, olhos ainda na mira e dedos nos gatilhos. A imagem não durou nem dois segundos e foi cortada para as arquibancadas, uma correria desenfreada para os túneis de saída. Mesmo num plano aberto era possível ver as pessoas empurrando umas às outras, o caos. E ainda ouvir o barulho dos tiros.

A transmissão saiu do ar.

Restou uma imagem congelada com as bandeiras de Estados Unidos e Espanha e os dizeres: ABERTURA DA COPA DO MUNDO DE 2026. Num passado recente mas já remoto, a imagem do estádio, ainda cheio, quando nada ainda havia acontecido.

Grande parte da população mundial acessou a internet enquanto a TV não informava nada. E as redes sociais todas traziam a mesma mensagem hackeada, o mesmo texto que caía do céu em papéis prateados de procedência desconhecida: O MANIFESTO.

Último terço do século XXI

Pare aqui, ele disse, mas o carro autônomo seguiu em sua velocidade programada sem obedecer ao comando de Seiji Kubo. A intenção dele era descer na esquina da rua do debate e chegar caminhando, como se tivesse vindo sozinho. Um homem comum que anda na rua, lembrança de outros tempos pré-metaverso. Seria uma bela entrada, imaginou, mas ele se esqueceu disso quando ditou o endereço do debate como destino, então precisou perder tempo abrindo o Tap e modificando o comando inicial. Feito isso, o carro parou, com uma freada suave, mas Kubo já estava a quinze metros do local do debate, então o efeito não foi nem de perto o esperado. Pelo contrário. Para os que já acompanhavam ao vivo a chegada do candidato assistindo às imagens do pool de canais, Kubo parecia alguém que não tinha mais lugar naquele mundo, ainda mais para o cargo que pleiteava.

Ele saiu do carro e ajeitou a calça do terno, um tanto vincada, depois deu especial atenção à gravata vermelha. Uma pesquisa instantânea nas redes sociais auferiu que apenas vinte e seis por cento aprovaram o look do candidato — #babadorvermelho. A rua estava vazia. Pelas imagens, não era possível sequer saber em qual cidade o debate ocorreria. Tudo combinado para evitar os riscos.

Kubo observou a entrada do prédio, envidraçada, e dirigiu-se para lá. Olhou para cima e reparou que a luz vermelha estava acesa. Sabia o que isso significava e começou a entrevista pré-debate. Falava diretamente para a câmera, seus olhos orientais irradiando certa força, mas também tranquilidade. Sua pele na imagem parecia pálida. O cabelo, bem cortado, mas um tanto grisalho demais. Ele preferiu não se alongar em suas considerações iniciais e nem fez qualquer ataque ao adversário. O plano era guardar toda munição para a hora certa. Antecipar pautas faria com que o oponente estivesse preparado para contra-ataques.

Uma pesquisa instantânea em todas as redes sociais também auferiu a aceitação de sua entrevista: superior a sessenta por cento. Kubo entrou no prédio, onde seus dois colegas o esperavam. Um deles era senador pelo seu partido, um dos oito candidatos que desistiram da nomeação após os seguidos escândalos vazados pelos opositores. No mundo em que viviam, onde quase tudo era público, era de espantar que as pessoas ainda guardassem segredos tão cabeludos que as fizessem desistir de um posto. O outro colega era o marqueteiro e sobre esse pairavam escândalos ainda mais graves — #women-abuser.

— Cadê o data analyst? — perguntou Kubo, antes de dar bom-dia.

— Está aqui — disse o marqueteiro, e com uma ordem no Tap ligou o holograma. O avatar materializou-se.

— Bom dia, sr. Kubo. Parabéns pela entrevista na entrada. O sr. teve sessenta e três por cento de aceitação.

Kubo fez uma cara de desagrado e respondeu rispidamente, mas sem alterar o tom de voz.

— Já falei que não quero essa coisa no nosso time. Vamos passar a impressão errada. Eu não confio neles.

— Na verdade, sr. Kubo, as últimas pesquisas mostram que trinta e quatro por cento dos entrevistados acreditam que a combinação homem-IA é a melhor possível para comandar o mundo nos dias de hoje.

— Então pronto. Apenas um terço.

— Mais de um terço, senhor. E a questão é que somente seis por cento acham que apenas os homens devem comandar o mundo sem ajuda de IA.

— Chega de pesquisas. Hoje eu vou falar com o coração das pessoas, vou trazer a agulha dessas pesquisas para o nosso lado.

— O senhor disse isso na abertura da palestra na associação dos TIS e a aceitação foi de onze por cento. Recomendo que não repita isso durante o debate — disse o avatar.

— Chega. Chega. Eu quero um data analyst humano.

Foi a vez de o senador se interpor.

— Não temos nenhuma chance sem eles, você sabe. É o que meu bisavô dizia: se não pode derrotá-los, junte-se a eles.

O marqueteiro fez com a cabeça um sinal positivo. Depois afrouxou o nó da gravata, tirou-a e entregou para o candidato.

— Toma. A avaliação do seu look deu vinte e seis por cento com essa gravata. Criaram até uma hashtag, #bababorvermelho. Testamos um modelo com a minha e deu trinta e seis por cento. Não é grande coisa, mas já é uma melhora.

— Não. Não vou usar uma gravata com figuras de emojis num debate eleitoral. Nem pensar. Enfiem essas pesquisas vocês sabem onde.

— As pesquisas mostram que com a gravata de emoji você atinge uma parcela de eleitores mais jovens que veem o senhor como um velho sisudo. Não é garantia de transferência de voto, mas de boa vontade, pelo menos. Recomendo grau cinco que o senhor troque a gravata.

— Já não falei que não quero esse fantasma falante na conversa? Desliga esse troço.

Um segundo avatar apareceu no hall até então silencioso. Era uma mulher e caminhava etereamente fazendo um som artificial de sapato de salto alto, uma inovação tecnológica que tivera oitenta e oito por cento de aceitação no mercado. Uma das maiores reclamações quanto aos avatares de primeira geração era a de que eles eram furtivos demais, de certa forma até assustadores. O som que antecipava sua chegada fora adicionado justamente para atenuar essa avaliação negativa. O avatar que se aproximou tinha traços europeus, holandeses para ser mais exato. No crachá lia-se o nome Anne van Basten.

— É por ali, senhores. O debate começará em dez minutos.

O debate seria realizado no estúdio um, uma sala de tamanho médio, redonda como uma arena, hermeticamente fechada, envolta em uma tela de cromaqui verde. Sem pódios, sem microfones, sem espaço para plateia nem assessores. O avatar Van Basten fez com a mão um sinal para que Kubo entrasse e com a outra pediu para o senador, o marqueteiro e o avatar data analyst esperarem na entrada.

— É ali, candidato. O seu adversário já está lá dentro. O debate começará em cerca de quatro minutos. Os senhores, por favor, queiram me acompanhar até a sala ao lado. Lá será possível assistir ao debate, e vocês podem vir até aqui rapidamente nos intervalos combinados de cinco minutos caso queiram falar com o candidato.

Kubo olhou pela porta envidraçada procurando encontrar seu oponente.

— Desejem-me sorte, senhores — ele disse.

— Espere — disse o marqueteiro. — Vamos trocar de gravata. É uma recomendação nível cinco.

Kubo nem olhou para trás e entrou no estúdio. Seu oponente, o candidato Thomas Beethoven, o saudou com um sorriso de dentes perfeitos. A pele era quase dourada, como a de um surfista brilhando sob o sol. O cabelo, alisado artificialmente e penteado para trás, não apresentava nenhum fio fora do lugar. A combinação do terno cinza chumbo com a gravata púrpura tinha sido avaliada positivamente por setenta e seis por cento, #classact, o número ideal dada a divisão de gostos dos eleitores. Tudo nele irradiava uma perfeição absurda, mas calculada, uma aura de invencibilidade de inteligência artificial que deixava Kubo incomodado e, de certa forma, abatido.

— Vai ser uma grande noite — disse Beethoven, e andou em direção a Kubo, circulando o candidato numa atitude que lembrava a de uma raposa já vencedora deliciando-se com o momento antes de abocanhar sua pequena presa.

— Essa gravata... — ele disse, deixando no ar uma pausa longa. — Você deveria ter trocado.

Kubo manteve o silêncio. Era essa sua tática. Qualquer sinal de emoção serviria de informação para Beethoven se adaptar e atacá-lo, qualquer palavra ou argumento, munição para um contra-ataque. Kubo parou no meio do estúdio. Olhou em volta. Um relógio marcava três minutos em contagem regressiva. Ele olhou em volta novamente, calculando, e deu meio passo adiante.

— Não vai falar nada, né? Entendi sua tática. Aliás, acho que entendi também essa coisa de ficar bem no meio do estúdio. Você errou por trinta e um centímetros para a esquerda, por sinal. O meio é aqui.

Beethoven posicionou-se no local e ficou frente a frente com Kubo. A diferença de altura em favor do avatar era de quinze centímetros. Visto pelas câmeras, isso daria uma aferição de vantagem para Beethoven de setenta e dois por cento.

Uma voz soou na sala:

— Candidatos, dois minutos. Por favor, posicionem-se nas duas marcas vermelhas no chão. Lembro que durante o debate o posicionamento é livre, mas na abertura dos blocos, conforme aceito pelas equipes na ata de reunião pré-debate, item 8C, é preciso que estejam no local marcado.

Os candidatos se posicionaram no local acordado e esperaram. Kubo suava, apesar do ar-condicionado.

Cento e doze luzes vermelhas se acenderam ao mesmo momento na sala de debates. Cada uma delas era uma câmera procurando os melhores e piores ângulos para a transmissão. A direção de TV era comandada por uma IA havia quatro décadas, desde a explosão do número de câmeras. O olho humano poderia captar e selecionar as imagens de doze câmeras simultâneas, vinte e quatro para os mais experientes na profissão, mas jamais para cento e doze. Quem liderava a direção do debate, portanto, era uma IA, assim como eram IAS o candidato Beethoven e também a voz que lia as regras do programa.

— Candidato Kubo, pode começar, por favor. Cinco minutos.

O candidato Kubo suspirou antes de começar seu discurso. Para quem recebia aquela imagem foi estranho, até mesmo desconfortável, mas era um ato premeditado. Ele sabia que precisava dar um tom de importância ao início de sua fala, humanizá-la, e nada melhor que um suspiro para que isso ficasse claro para os eleitores. Melhor: ele poderia citar que tinha suspirado, e assim começou:

— Boa noite. Desculpe começar suspirando, mas o peso que tenho sobre os ombros nesta noite é enorme. Preciso convencer a maioria de vocês a escolher um ser humano para esse cargo. Se eu falhar, tenho certeza, nunca mais teremos outra eleição, nunca mais poderemos escolher quem vai ser o nosso líder, ou o que precisa ser feito, com ética humana e não só matemática, não só algoritmos para decidir onde alocar o dinheiro e o conhecimento. Suspirei pois sei que a tarefa é monstruosa também por culp..., quer dizer, por responsabilidade minha e de todos os outros que vieram antes de mim. Eu pensei em dizer culpa, mas a culpa é sempre individual e fala apenas do passado e para o passado, enquanto a responsabilidade é coletiva e pensa adiante, no futuro, e quero hoje aqui falar de responsabilidade, não de culpa, do futuro e não apenas do passado. As pesquisas dizem que atualmente uma minoria quer ver um ser humano no comando. E isso acontece porque erramos e destruímos uns aos outros e também ao nosso planeta nos últimos séculos. Somos dez bilhões, mas não dez bilhões de iguais. Poucos tiveram muitos privilégios, poucos foram os responsáveis por acabar com a noção de justiça, igualdade, liberdade, que nós precisamos de séculos e séculos para construir.

A câmera piscou de um candidato para o outro e Beethoven estava bocejando. Bocejando. Uma emulação de reação humana, assim como Kubo ensaiara com o suspiro. Os eleitores viram o candidato IA bocejando e boa parte, em casa, bocejou também, um bocejo contagioso se espraiando do que antes fora conhecido como Japão para Angola, de Angola para o Brasil, do Brasil para o Canadá, e então Rússia, Turquia, toda uma série de nações que não existiam mais com essa denominação. E assim, com um truque magistral, vinte e sete por cento dos telespectadores pararam de prestar atenção no que dizia Kubo. E quando ele terminou suas apresentações iniciais sem saber de nada disso, com a testa levemente suada, as mãos um pouco trêmulas e, por que não, um sorriso nascendo tímido no canto do rosto, achou que tinha ido bem. E tinha. Mas não importava, a #ondadebocejos, disparada por robôs nas redes sociais, multiplicou o efeito devastador de afastar o interesse pelo que o candidato humano estava falando.

Foi então a vez de Beethoven falar por cinco minutos:

— Boa noite. Desculpe o bocejo durante a fala do candidato Kubo. Não pude segurar. É que escutei esse mesmo discurso ontem, e anteontem, e na eleição inteira — era mentira, mas isso tornava a fala de Beethoven mais interessante — e sei que vocês também estão cansados do mesmo papo. Eu poderia aqui falar de todas as realizações que cidades do mundo que contam com IAs no governo estão implementando, sempre bem avaliadas. Poderia me defender, e defender vocês da ideia de que não terão mais, como foi mesmo que o senhor disse? Ética, justiça, igualdade e liberdade?

O candidato Beethoven fez um gesto com a mão, como se isso tudo fosse bobagem.

— Vou dizer o que podemos fazer: podemos ter um mundo mais eficiente em que, com os mesmos recursos já disponíveis, mais pessoas tenham acesso a alimentação, saúde, educação e, claro, segurança. Basta não roubarem, caro candidato. Basta ter eficiência em gestão. Alocar os recursos de maneira correta. Otimizar as decisões. Todas as decisões. Tratar todos sem distinção de cor, credo, dinheiro. No fundo, essa eleição é a grande chance da humanidade, vocês sabem disso, e talvez a última, infelizmente, e eu poderia dar aqui os dados que todos já sabem sobre o perigo iminente de extinção. Com IAs no poder iremos, paulatinamente, reverter a Era do Antropoceno. Claro que isso soa estranho, mas é fato. O ser humano com dez bilhões de bocas não dá mais conta de alimentá-las, protegê-las, salvá-las. Vocês precisam de IA, não temam afirmar isso com seu voto nesta noite. As IAS são conquistas da inteligência humana. Eu não tenho vergonha em afirmar isso, não me sinto diminuído. E vocês não deveriam ter também, em afirmar com votos que precisam de nós para ajudá-los. Quero que entendam que não estão se colocando sub judice de computadores programados por organizações secretas para explorá-los ainda mais. O que nós podemos fazer é trabalhar por vocês e tornar o futuro na Terra possível novamente.

As luzes vermelhas foram desligadas. O primeiro intervalo. Antes de a porta do estúdio se abrir, o candidato Beethoven provocou Kubo.

— Saíram as primeiras pesquisas instantâneas. Parabéns pelo seu desempenho: vinte e um por cento disseram que você foi o melhor no bloco inicial. Eu esperava ter mais de setenta e nove por cento. As redes sociais estão te massacrando também. Ninguém com menos de quarenta e cinco anos está contigo. Olha aqui a faixa de young adults — e, falando isso, Beethoven esticou uma tela do Tap para Kubo —, repara essa nuvem de hashtags negativas. Lastimável, hein.

Kubo fingiu não se abalar e permaneceu em silêncio. O candidato IA seguiu pressionando:

— Eu achei o seu discurso até bem interessante para um ser humano, mas ultrapassado. Essa ideia de apelar para o coração é tão século XX.

O avatar data analyst de Kubo apareceu ao seu lado sem som algum.

— Cadê o senador e o marqueteiro? — Kubo perguntou. Não vou falar contigo.

O data analyst cochichou uma coisa no ouvido do candidato, que respondeu:

— Como você sabe disso?

— Não posso responder — disse.

Kubo então andou até o canto do estúdio e disse para o data analyst acompanhá-lo, longe de Beethoven. As luzes das câmeras estavam apagadas, mas Kubo colocou a mão em frente à boca antes de falar com sua IA, num gesto popularizado por jogadores de futebol no início do século XXI.

— Eu posso acreditar em você? — perguntou. A IA fez que sim com a cabeça. Ainda com a mão na frente do rosto, Kubo prosseguiu. — Eu não consigo acreditar em você. Como você saberia a pergunta que será feita em sequência?

A inteligência artificial retrucou, agora com a mão em frente ao rosto também, que preferia não responder a essa pergunta, mas que ele poderia, sim, confiar no seu *report*. Kubo prosseguiu:

— Você sabe o que isso quer dizer, não é? Que se você sabe o que será perguntado, não consigo imaginar um cenário em que o meu opositor também não saiba.

O data analyst colocou a mão na frente do rosto e respondeu:

— É possível.

Kubo então pediu uma resposta mais exata, e, usando o linguajar IA, disse:

— Qual a estimativa que daria para essa hipótese?
— Noventa e nove por cento.

Um relógio com a contagem regressiva de um minuto foi ligado num dos cantos do estúdio. Kubo sabia que tinha pouco tempo. Ou se preparava para responder à pergunta seguinte ou continuava indagando seu data analyst sobre o vazamento das questões do debate. O candidato humano não precisava da precisão IA para saber qual o caminho mais inteligente a seguir.

— E qual afinal será a primeira pergunta? — indagou. Kubo esqueceu de cobrir a boca ao falar e a IA também se despreocupou em fazer o mesmo ao responder:

— A pergunta é sobre Wuhan.

A contagem regressiva do relógio chegou em dez e o data analyst de Kubo desmaterializou-se. Quando as câmeras foram ligadas novamente, o candidato humano permanecia no canto do estúdio, imóvel, enquanto a IA estava na posição central, onde deveria. Uma voz soou pelo estúdio lendo as regras daquele bloco. Kubo permanecia fora de quadro e a transmissão fazia o máximo possível para tentar enquadrá-lo junto com o outro candidato, mas era complicado.

Após a leitura das regras, a voz etérea pediu para Kubo tomar seu lugar no centro do estúdio. Ele não se moveu. A ordem foi repetida. Nada. Beethoven aproveitou a deixa e caminhou até Kubo, falando de modo bem-humorado.

— Não se preocupem: se o candidato com fenótipo nipo-brasileiro prefere fazer o debate aqui no cantinho do estúdio, eu não me oponho. Eu debato no centro, debato no canto. Só não me peçam para cobrir a boca quando falo. Eu não tenho nada a esconder.

A piada não foi entendida na hora, mas em segundos imagens de Kubo e seu data analyst conversando com a boca coberta foram vazadas e geraram oitenta e nove por cento de conotação negativa — #nomoresecrets. A noção de privacidade era malvista.

Um vídeo foi rodado com a primeira pergunta. Um jovem com óculos de emojis apareceu na tela numa posição clássica de selfie:

— Minha pergunta é para os dois candidatos: Como não repetir o que aconteceu em Wuhan?

Pelo sorteio, desta vez o primeiro a responder seria o candidato Beethoven, que logo partiu para o ataque.

— Eu posso responder a essa pergunta, mas duvido que o candidato Kubo possa. Afinal, nenhuma cidade em que IAs governaram nos últimos anos apresentou nenhum episódio sequer parecido com o de Wuhan. Nenhuma pandemia, nenhuma epidemia. Aliás, nenhuma explosão, nenhuma guerra. Trabalhamos com inteligência para evitar que qualquer ameaça ou querela extrapole o nível aceitável. O ser humano trabalha correndo atrás do prejuízo, para usar uma expressão equivocada que se encaixa tão bem em questões como essa. O ser humano não está preparado para lidar com cenários que ainda não aconteceram, mesmo que seja claro que serão problemas no futuro. Nós, IAs, estamos condicionados a trabalhar com prevenção.

2019

— O senhor disse quantos por cento?
— A leitura dos números não é tão simples, sr. Kubo. Mas o que diz aqui, basicamente, é que as células da doença já estão potencialmente espalhadas pelo seu corpo numa proporção preocupante.
— Mas já são células doentes, então?
— Potencialmente.
— Não entendi. Então como o exame consegue saber?
— Essa é a maravilha do exame. Ele consegue decodificar cada célula em nível nuclear e isolar os potenciais danos.

Kubo ajeitou-se na cadeira, mas se desequilibrou um pouco. Colocou as duas mãos espalmadas na mesa de vidro, imaculadamente limpa, e viu como o suor dos dedos ficaram marcados no tampo até evaporarem com certa rapidez. A memória de suas digitais estava lá, escondida, para sempre.

— E quantos por cento mesmo de certeza?

— Aqui diz oitenta e dois por cento. E pela malignidade que ela aponta, a minha sugestão é agirmos logo.

Kubo alterava perguntas inquisitivas com silêncios de alguns segundos. Deglutir as respostas, não se dar por satisfeito, questionar. Não fora educado para questionar nada, na verdade, mas aquilo era importante demais para apenas um "sim, doutor". Um exame de sangue obrigatório do trabalho virara uma sentença de morte. Ou vida. Uma oportunidade disfarçada. Ou um cadafalso ornado com flores e esperança?

— Agir seria fazer esse novo tratamento?

— Isso mesmo. Aqui está o prospecto. É uma decisão difícil. Leve para casa e converse com a sua esposa.

— Ok. Mas esses oitenta e dois por cento. Caramba. Eu não entendo. Ele não diz quando vai acontecer?

— Isso não podemos saber ainda com esse exame. A medicina já avançou muito, mas ainda não nesse nível. Rapidamente estaremos lá. Mas ainda não.

Kubo olhou o prospecto novamente. Uma pessoa de fenótipo oriental, como ele, sorrindo. Passou para a página seguinte e agora o mesmo homem dormia dentro de uma caixa branca, conectada por cabos, eletrodos. Na última página, ele de novo, com o mesmo sorriso da capa. Uma narrativa limpa, ascética, infantil. O prospecto vendia uma certeza. O logo da empresa em que trabalhava vendia uma certeza. O nome do tratamento, patenteado, vendia uma certeza. Ele colocou o papel na pasta executiva que carregava sobre o colo.

— Então agora eu tenho zero por cento da doença, mas a qualquer momento poderei ter esses oitenta e dois por cento. Pode ser daqui a quarenta anos.

— Exatamente. Pode ser amanhã também. Aliás, o que vou falar não é exatamente comprovado por números, já que o exame é recente, mas essas células potenciais sugerem que o provável é que passem a ser ativas para a doença numa razão maior para amanhã do que para quarenta anos. Isso está explicado no QR code que se encontra na última página do prospecto — disse o médico, apontando para a pasta.

— É uma decisão tão difícil.

— Eu sei, mas o lado positivo é que já podemos isolar esse ataque e agir contra ele antes que aconteça.

O médico se levantou. Kubo, entendendo o que isso significava, despediu-se com um aperto de mão. Ao sair, viu que o médico passava álcool em gel na mão para limpar o suor do contato. O médico percebeu que ele notara e sorriu, envergonhado. Mas não disse nada.

O metrô estava cheio. Kubo entrou forçando passagem entre dois ou três corpos imóveis perto da porta. Não era suficiente. Ainda faltava espaço para fincar os pés, buscar um ar. O metrô andou e seu corpo foi jogado contra uma senhora. Pediu desculpas e recebeu um olhar de raiva. No desequilíbrio, uma das mãos espalmara as costas de alguém. A pasta de couro bufou os papéis adiante, o prospecto entre eles, o asiático sorrindo sua cura, sua cura de uma doença que ele ainda não tinha, mas viria a ter. Certeza. Oitenta e dois por cento de certeza, pelo menos. O metrô parou na estação seguinte, os corpos se rearranjaram. Kubo viu uma barra de ferro e se segurou antes que o comboio arrancasse novamente. Um senhor lhe entregou a pasta ainda semiaberta, com os papéis. Ele agradeceu.

— Sobrou esse — disse um jovem, entregando-lhe o prospecto.

Kubo assentiu, embora sua vontade fosse dizer que aquele papel não era dele. Colocou o prospecto no bolso interno do paletó. O metrô arrancou nesse exato momento e ele se desequilibrou novamente. Os pés dançaram no ar por um microssegundo, Kubo achou que cairia. Ou se afogaria entre os corpos. Mas a memória de um equilíbrio fez com que se aprumasse, esticasse o braço livre e agarrasse a barra de metal.

O restante do percurso, a meia hora entre a estação do médico e sua casa, foi feito sem sobressaltos. A pasta no chão, entre suas pernas, as duas mãos segurando a barra de metal. Os olhos fechados pesando cansaço. Quando percebeu que estava de olhos fechados, pensou se era um cansaço natural ou já as células se manifestando. As células com a doença em potencial, o médico havia dito. Potência ou latência. Uma jovem tossiu uma, duas vezes a seu lado, sem levar a mão à boca, e Kubo mudou de lugar. Normalmente não faria isso, não era daqueles hipocondríacos, sempre ficava irritado ao lidar com alguém assim, mas agora, hoje, naquele momento, depois daquela consulta, era diferente. As células em potencial já agindo, de uma maneira ou de outra.

Num outro canto, o metrô estava um pouco menos lotado. Ele parou perto de uma mulher um pouco mais jovem do que ele e que segurava um par de sapatos altos com uma das mãos. Kubo olhou para os pés dela e viu que calçava uma sandália rasteira. Ela disse: "Meus pés estavam me matando", e Kubo sorriu amarelo com a escolha de palavras.

Olhou para o relógio quando saiu do metrô. Apesar da ida ao médico, estava no horário, exatamente o mesmo que chegava todo dia. Alessandra já estaria em casa com a criança. Abriria a porta da sala e a veria dando comida para o bebê que já não era mais bebê. A cena que imaginou se materializou. A esposa sorriu. O bebê que não era mais bebê virou o rosto, sujo de sopa, uma mancha laranja que deveria ser abóbora, ou coisa parecida, alegrando aquele sorriso de olhos puxados.

— Não foi ao médico?

Ele não entendeu a pergunta. Deixou a pasta na mesa da sala. Beijou a cabeça do bebê que já não era mais bebê, beijou a boca da esposa.

Ela repetiu a pergunta.

Ele tirou o paletó, esticou na cadeira, aberto.

— O que é aquilo? — ela perguntou, apontando para o prospecto.

— Fui ao médico, sim — ele disse, e entregou o prospecto para ela.

— O que é?

Ele baixou a cabeça, sem perceber. Sentou-se na cadeira que vestia o paletó. Apoiou as duas mãos nas coxas. Adiou a resposta alisando as pernas. Reparou num fiapo de tecido desfiado na barra da calça. Puxou um pouco com o dedo, enrolou e fez força. O pedaço de fio não arrebentou, mas esgarçou ainda mais a barra da calça.

— Não faz assim. Um terno novinho. Vou pegar uma tesoura.

Ela se levantou e sem demora retornou com a tesoura, ajoelhou-se aos seus pés e cortou o fio.

— Tira a calça — ela disse. — Vou precisar dar dois pontinhos.

Kubo tirou a calça, ficou de pé.

— Você continua? — ela perguntou.

— Fui ao médico, sim — ele disse.

Alessandra não falou nada. Mas apontou com a mão para a cadeira vazia, para o bebê que não era mais bebê com a boca suja. Ele entendeu. Não era sobre o médico. Mas sobre o jantar da criança. Kubo se sentou, sem calça, na cadeira que ela antes ocupava, sentindo o calor dela. A mulher certamente já estava dando a comida para o filho havia muito tempo. A sopa provavelmente estava fria. Pegou a colher da bandeja suja. Encheu uma colherada. O bebê que não era mais bebê fez com a cabeça um gesto de que não queria comer. Fechou a boca, virou para outra direção.

— Tem que comer — ele disse, e investiu novamente, com mais força, mais certeza. O bebê virou o rosto para o lado, a colher voou da mão de Kubo e caiu no chão, estalando num som metálico.

A mulher veio do corredor para saber de onde vinha aquele barulho.

— Ele não quer mais comer.

— Tem que comer.

— Isso que eu disse, mas ele virou a boca e...

Ela se abaixou, recolheu a colher do chão. Foi até a cozinha. Kubo escutou o som de água da torneira. Ela voltou com a colher limpa e um pedaço de papel-toalha. Entregou os dois na mão do marido e sumiu dentro do corredor.

— Tem que comer.

Quando o bebê que não era mais bebê dormiu, muito tempo depois, tempo demais, ele estava cochilando com o celular em punho e o prospecto no colo.

— Finalmente dormiu — ela disse.

— Eu também — Kubo sussurrou, esfregando os olhos.

— Nossa, acho que estou realmente cansada.

— Você quer uma massagem?

Ela respondeu que sim com a cabeça, sem palavras ou abrir os olhos. Kubo ficou de joelhos atrás dela e começou a trabalhar os ombros em movimentos circulares. Ela soltou um suspiro. Ele parou. Saiu da posição em que estava e se sentou ao lado dela.

— Não para. Estava bom — ela disse, sem abrir os olhos.

Ele ainda estava sem calça. Kubo parou a massagem com o objetivo de contar a ela sobre o prospecto, sobre os exames, a possível doença. Achou que aquela conversa não merecia ser feita com ele sem calça, atrás dela, sem olhos nos olhos. Mas Alessandra disse não para, então ele voltou para a posição anterior e continuou a massagem. Depois eu conto, ele pensou. Mas então o bebê chorou. Ou ela achou que o bebê que não era mais bebê havia chorado e correu apartamento adentro. Ela correu por reflexo, ao mesmo tempo que pensava deixa ele ir. Mas ela quem foi.

Kubo pegou o prospecto que restava esquecido entre sua calça e uma almofada e guardou dentro da pasta de couro. Colocou a calça e se deitou no sofá. A luz do abajur acesa o incomodava, mas não o suficiente para fazer com que se levantasse. Acabou dormindo. Mais tarde foi para a cama e viu que ela dormia ainda com a roupa da rua. Ela percebeu quando Kubo se deitou e o abraçou.

— Obrigado pela massagem — ela disse, sem abrir os olhos. — Acabei dormindo.

Kubo passou pela porta de entrada da empresa e seu celular estrilou com uma mensagem. Ele entrou no elevador e apertou o número 15, seu novo andar depois da transferência. A fofoca de corredor era que ele ganharia uma mesa de canto, perto da janela. Checou o celular e a mensagem era para que se reportasse ao terceiro andar, onde ficava o setor administrativo da empresa. O elevador, cheio, já estava no quarto andar quando ele apertou o número 3. Teve que esperar enquanto a caixinha parava praticamente de andar em andar até chegar ao décimo quinto. Ele cogitou sair para conhecer sua nova mesa, a tal com a vista da janela, pela primeira vez uma janela à vista em onze anos de empresa, mas achou melhor não. A porta também logo piscou de volta e o elevador se mexeu, coletando um ou outro funcionário que precisava descer.

Ele não foi o único que desceu no terceiro. Ao seu lado, um homem talvez alguns anos mais velho, de rosto assustado.

— Chamaram você também?

Kubo demorou a entender que era com ele. Mas então saiu do transe e mostrou o celular. Recebi uma mensagem.

— Eu também — disse o outro. — Você sabe do que se trata?

— Desconfio.

— É, eu também.

Chegaram na entrada do andar. Kubo fez com a mão um sinal para que o outro fosse na frente. O homem um pouco mais velho fez o mesmo, então, por educação, Kubo passou na frente, esticou o celular no terminal e ouviu a orientação de quem deveria procurar e como chegar até a mesa do responsável. O andar era grande, o formigueiro de mesas parecia infindável, só mesmo com alguém cantando esquerda, direita, em frente para não ter erro. Kubo disse até logo. O homem mais velho respondeu com um boa sorte. Ele sorriu de volta, um sorriso de meia boca, nascido já cansado.

Com o celular em punho, conseguiu chegar à mesa da responsável sem nenhum erro. Era uma mulher. Mais nova do que ele. Ela fez um sinal para que ele se sentasse na cadeira que estava em frente à mesa. Uma cadeira azul, como todas as outras, o azul específico do logo da empresa em que trabalhavam. Diziam nos corredores que aquele azul tinha sido inventado especificamente para a empresa havia alguns anos. A fonte da letra do logo e dos documentos também. De fato, a cor era muito bonita, exalava certa força e alguma paz. Ou alguma força e certa paz. Nunca lembrava qual era a combinação propagandeada.

— Muito bem — a mulher disse. — O senhor já decidiu o que fazer?

A pergunta era vaga, vaga demais, mas ele sabia muito bem do que se tratava. Havia pouco mais de doze horas que recebera a informação de que teria potencialmente um câncer e agora a empresa já cobrava uma resolução.

— Ainda não — ele disse. Com firmeza.

— Por que não?

A pergunta era quase uma afirmação. Era uma afirmação. Kubo permaneceu em silêncio. Então a moça esticou o prospecto. Ele pegou o papel como se ainda não o conhecesse. Como se não tivesse lido e relido aquele papel enquanto vinha para o trabalho.

— Ainda não conversei com a minha esposa.

Então foi a mulher que permaneceu em silêncio por alguns segundos a mais do que o esperado. Mas foi proposital. Estava no manual que a matriz havia mandado para todos. Em uma reunião alongue os silêncios, espere que o outro fale. Deixe que o oponente forneça mais dados primeiro, mostre suas intenções e vulnerabilidades. Ele mesmo usara essa artimanha em reuniões externas com ótimos resultados. O silêncio é um reflexo no espelho com que a pessoa do outro lado da mesa não sabe lidar. Ele lembrava da frase que vinha em letras grandes como um mantra. Ela saboreava aquela pausa com clara felicidade. Só faltava o sorriso no rosto. Mas Kubo lera o mesmo manual que ela, e também se calou. O espelho refletia dos dois lados.

— Posso esperá-lo aqui amanhã para continuarmos nossa conversa? — ela perguntou, agora em outro tom, mas de certa forma com a mesma certeza.

Ele fez que sim com a cabeça, mesmo incerto. A mulher digitou algo no computador e o celular de Kubo tremeu. Ele pegou o aparelho em cima da mesa e olhou a mensagem. Trabalharia no décimo segundo, o mesmo andar de antes. Sem mesa de canto, sem vista, sem janela. A mulher percebeu sua reação. Ou não. Ela apenas seguiu seu manual de comportamento, como se outros Kubos se sentassem ali naquela cadeira em situação similar várias vezes ao dia.

— Amanhã isso pode mudar — ela sugeriu. E ele entendeu.

Kubo pediu licença e se levantou. De propósito, não arrastou a cadeira de volta ao limite da mesa, uma pequena transgressão. Na saída do andar, viu que o homem um pouco mais velho ainda esperava sentado na recepção.

— E aí, como foi?

— Tudo como esperado — ele disse. — E você?

— Me mandaram aguardar aqui na recepção. Ainda não apareceu ninguém.

— Boa sorte, ele disse.
E apertou o 12.

Sentar à mesma mesa de sempre nem foi tão mal assim. Ele precisava da ideia de um dia normal e não dos novos vizinhos de andar inquirindo sobre a presença dele ali em uma mesa com vista. Mas Kubo sabia que aquele não era um dia normal. E sabia de outras coisas também, a mais importante delas sendo que no futuro estaria propenso a ter um câncer, oitenta e dois por cento propenso. E o que não sabia era o que fazer com aquela informação, como dividir aquela notícia com a mulher, como dar comida para o bebê que não era mais bebê sabendo agora o que não sabia dois dias antes.

Havia também a questão da empresa, uma clara chantagem em usá-lo como cobaia de um serviço que ainda estavam aprimorando, mas que vendiam em um prospecto como uma certeza. Certeza, essa palavrinha. E o serviço era colocar-se à disposição para um tratamento experimental, conduzido por computadores, que manipulariam seu corpo com ele apagado para consertá-lo. Consertá-lo, sim, ele pensou, a palavra exata para eles é essa. Não curá-lo, mas consertá-lo de um problema. Só que ele ainda não tinha o problema, e nem confiava cem por cento, nem mesmo oitenta e dois por cento, na eficácia do que aquele prospecto vendia como certeza.

Precisava dividir aquilo com a mulher. Mas conhecia Alessandra o suficiente para saber sua resposta, o que ela diria. E isso seria: foda-se a empresa. Diga não. Vamos procurar outra opinião. Mas dizer não poderia ser jogar fora uma chance de ficar bom — e quando pensou nisso percebeu que já acreditava no que o exame apontava. E acreditava mesmo. A parte da pesquisa sobre a probabilidade da doença já era certificada pelos órgãos de saúde. E o exame era feito não só por sua empresa como também pela concorrente. A briga no caso era pela patente, por isso o exame ainda não era comercializado para o grande público. O problema era o tratamento. O pulo do gato da empresa era o pacote diagnóstico-tratamento. E nesse ele não confiava. Ainda.

Por sorte ele conhecia uma pessoa que trabalhava justamente na área da empresa que focava no tratamento. Ele poderia ligar para ela e sondar sua opinião sobre a eficácia atual da suposta cura. Mas teria que tomar cuidado para não falar demais, ou talvez falar qualquer coisa. Não seria interessante que mais gente na empresa soubesse de seu diagnóstico. Decidiu que ligaria para o conhecido no almoço, do celular e não do telefone da empresa. Diria que precisava da opinião dele sobre um amigo. À noite, de posse daquela informação, aí sim conversaria com a mulher. E no dia seguinte se sentaria novamente àquela mesa do terceiro andar e daria uma resposta definitiva.

Kubo ficou aliviado com sua capacidade de decidir e encaminhar o que deveria ser feito. Trabalhou de certa forma relaxado a manhã toda. Levantou-se para tomar um chá e dois copos d'água, como fazia todos os dias. Foi ao banheiro. Zerou a caixa de entrada de e-mails da tarde e da noite anteriores e respondeu aos mais urgentes que chegaram naquele dia. Em resumo, foi produtivo, como a empresa aprovaria. Tinha uma reunião agendada para às duas da tarde no escritório, por isso resolveu almoçar num restaurante próximo em que pedia comida para viagem, mas onde podia sentar-se num pequeno balcão e comer rápido. De lá, ligaria para o conhecido.

— Já sei porque está ligando.
— Sabe? — surpreendeu-se Kubo.
— Sei. Acabei de receber a sua ficha aqui.
— Que ficha?
— A sua ficha. Do tratamento. Sou eu quem cruzo as informações da ficha com o exame e coloco tudo no sistema para saber da viabilidade do tratamento e se você seria um paciente ideal.

Kubo ficou em silêncio.

— E a notícia é muito boa. Você foi aprovado! Fique tranquilo.
— Em que sentido?

O conhecido não entendeu a interrogação de Kubo. E continuou:

— Foi por isso que ligou para mim, não é? Para saber se seria aprovado? Olha, não conta para ninguém, ok? O processo não é pessoal. Essa conversa de fato não aconteceu. Mas fique tranquilo.

O conhecido desligou o telefone. Havia um tom feliz em sua voz ao mencionar o segredo de alcova de que Kubo era uma pessoa doente mas que seria tratada pela empresa em que os dois trabalhavam com um procedimento ainda em teste a ser administrado apenas por computadores e não por médicos. Mas Kubo não ligara para isso. Queria saber do conhecido se ele sabia se o tratamento era confiável. Se ele se submeteria ao tal tratamento se fosse com ele. Não pôde perguntar nada disso e nem poderia fazê-lo depois. Sentiu que o conhecido estava embrenhado demais naquilo, cooptado.

Saber disso era continuar sem saber nada. Era saber apenas que mais gente na empresa tinha conhecimento daquilo e que, além de funcionário, ele ganhara outra designação: paciente. Funcionário/paciente; funcionário/cobaia. Não trabalhou direito no resto da tarde. Voltou do almoço sentindo um cansaço que já não sabia se era físico ou psicológico. Físico não teria razão de ser. Não estava um dia quente. O escritório era a uma quadra do restaurante. Usara o elevador e não escadas. Talvez algo que tinha comido. Talvez não.

Passou mais tempo no banheiro, trancado na cabine, do que o normal. Suava. Entrou e saiu do banheiro novamente para escovar os dentes. Ainda suava. Por sorte era precavido e tinha uma camisa extra na gaveta. Voltou para o banheiro e trocou de camisa. Esqueceu de escovar os dentes. Retornou à mesa, retornou ao banheiro. Chegou atrasado à reunião. Todos olharam quando ele entrou. Sentou-se numa das últimas cadeiras vazias, a mais afastada do projetor da *conference call* com outra filial da matriz chinesa. Não sabia nem mais quem era aquele latino que falava em um inglês com sotaque do outro lado da tela. Kubo estava na reunião mas não participou dela. Sua cabeça estava longe dali. Formulando dúvidas. E dúvidas. E dúvidas.

A reunião terminou e ele foi o último a se levantar. A sala era num canto, com vista, mas a persiana ficara abaixada o tempo todo. Ele fez questão de abrir com os dedos duas palhetas de metal e olhar pela janela. De fato, era uma bela vista. Mas a claridade era demais. E Kubo se pegou pensando se ele também manteria a persiana abaixada.

Cruzou o andar e retornou a sua mesa. Eram quatro horas da tarde, ainda precisava ficar por ali um par de horas. Olhou o celular e viu que tinha uma mensagem da mulher dizendo que se atrasaria no trabalho. Perguntando se ele poderia pegar o bebê que não era mais bebê na escola às cinco. A mensagem era de duas e dez. E fora seguida por uma série de oito ligações. Ele respondeu dizendo que sim, pegaria. Ela estava on-line e logo respondeu com uma série de emojis positivos de palmas, mãos fazendo prece, uma mulher tirando um suor da testa, balões de festa, que ele, sinceramente, não fazia muita ideia do que significavam. Foda-se, pensou, sairia então em quinze minutos para pegar o filho. Isso era mais importante que a empresa. Mas antes de sair fez a besteira de checar o e-mail. E dois deles precisou ler. Um deles do conhecido dizendo, sem dizer, já que era uma mensagem interna, possivelmente espionável, que pelo amor de Deus ele não contasse a ninguém o que haviam falado ao telefone. O e-mail seguinte era da moça do administrativo do terceiro andar e era mais breve e direto: espero o senhor amanhã às nove da manhã com uma resposta.

    Kubo não respondeu a nenhum dos dois. Desligou o computador e foi embora.

O bebê que não era mais bebê estava sentado num canto, dedo no nariz, e parecia alheio ao mundo. Kubo sentiu-se enternecido mesmo assim. Grato. Raramente conseguia pegar o filho na escolinha. Em geral era a mulher quem pegava a criança na saída do trabalho. O horário de Kubo na empresa era até uma hora mais tarde, o que tornava impossível que aquela fosse uma cena comum.

Uma das moças que trabalhavam na escola o viu parado na porta e o reconheceu. Ele não sabia quem era ela, mas ela sabia de quem ele era pai. E isso era muito estranho para Kubo, que não gostava de sentir nenhuma vulnerabilidade. E que os outros o conheçam mas você não saiba com quem está tratando é uma bruta vulnerabilidade.

— Seiji, seu pai chegou — disse a moça. O bebê que

não era mais bebê deixou seu mundo de alheamento e abriu um largo sorriso ao ver o pai. A criança veio andando naquele passo trôpego da idade, em que a cabeça parece pesar mais do que o corpo. Kubo ficou comovido à beça, abriu os braços e enlaçou a criança num abraço apertado, escondendo com o corpo dela seus olhos, que tinham pressa em desabar. Mas Kubo era controlado e domou qualquer pingo de lágrimas.

— Dá aqui um beijo — ele disse. E o bebê que não era mais bebê encostou os lábios na bochecha dele, mas sem dar beijo nenhum. Depois, quando eles se afastaram, Seiji deu o beijo no ar. E sorriu. A moça da escolinha entregou a mochila do garoto e disse que ele não tinha dormido de tarde, mas havia lanchado bem. Kubo agradeceu pela mochila e, de certa forma, pelo afeto, com um obrigado, obrigado. Colocou Seiji no chão e o filho saiu correndo pelo pátio. Ele foi atrás, meio atrapalhado, segurando sua pasta e tentando colocar a pequena mochilinha nas costas. Mas, antes do portão, pegou o bebê que não era mais bebê pelo punho, e então enlaçou as mãos com o filho, seus dedos fazendo sumir os dedinhos de Seiji.

Aquilo tudo parecia um final de dia fabuloso para Kubo. E ver o garoto assim, de mãos dadas com ele, fez com que tivesse a certeza de que precisava encarar a doença, o tratamento, as dúvidas. Seiji se desvencilhou das mãos do pai e saiu correndo pela rua gritando "mamãe". Kubo correu atrás e pegou o bebê que não era mais bebê pelo pulso. Depois o ergueu no colo em mais um abraço. O menino sorria para o pai, sabia que tinha feito besteira mas que não importava. Os bebês sabem que os pais vão amá-los mesmo assim. Kubo imaginou como devia ser bom ter certeza daquele amor quente e seguro e pensou em quando os adultos perdem aquela segurança. Seiji falou "mamãe" de novo. Kubo sorriu e falou: "Que mamãe o quê: papai! Fala papai". A criança abriu um sorriso de duzentos dentes e disse: "Mamãe!", e então: "Você é mamãe?", e caiu numa gargalhada. Kubo sorriu também e quis prolongar aquele momento para sempre. Mas sabia que seria impossível. Estava doente e precisava se tratar. Só que não estava doente, ainda. Mas havia se esquecido disso. Ficar bom vinha agora antes da ideia da doença.

Não demoraram a chegar em casa, a escola ficava a dois quarteirões do apartamento. O bebê que não era mais bebê pediu para apertar o número do elevador, e depois para tocar a campainha, embora ninguém estivesse lá para atender. Kubo entrou em casa com a criança, que correu novamente, dessa vez para o próprio quarto. Ele não foi atrás. Tirou o paletó, como fazia todos os dias, e colocou na cadeira, depois a carteira do bolso, deixou a pasta e a mochila na mesa da sala e olhou o celular. A mulher mandara duas mensagens. A primeira dizia que a sopa do menino estava na geladeira, era só esquentar: "coloca cinquenta segundos e depois deixa esfriar um pouco". A segunda perguntava se eles já tinham chegado em casa, e era seguida de uma chuva de emojis. Kubo respondeu à segunda — "em casa" — e foi olhar o garoto. Ele estava sentado num canto fazendo uma torre com cubos de madeira. Colocava um, dois e depois via a torre desabar no terceiro. Kubo deixou Seiji no quarto e foi esquentar a sopa.

Um pouco mais tarde, os dois na cozinha, ele tentando dar a comida e o moleque na cadeirinha, de boca eternamente fechada, a mulher entrou em casa sorrindo. Foi direto abraçar a criança e depois deu um beijo breve nos lábios de Kubo.

— Como foi? — ela perguntou.

— Ótimo — ele respondeu. E estava falando a verdade.

A mulher sumiu pelo apartamento e voltou pouco depois, descalça.

— Aquele sapato estava me matando.

— Outro dia vi uma mulher no metrô de sandálias, segurando o sapato alto nas mãos. Você poderia fazer isso.

Ela ficou em silêncio por alguns segundos. Depois disse:

— É uma boa ideia. Ou eu poderia simplesmente parar de usar essa merda.

2023

— Ah, você chegou!
Roberta grita e levanta os braços. Eu penso em qual foi a última vez que gritei e levantei os braços, comemorando qualquer coisa. Talvez num gol numa Copa do Mundo há muitos anos, ou num show de rock, ou numa manifestação daquelas em que era possível sonhar com um mundo diferente, antes de tudo dar errado. Mas o pior é que possivelmente em momento algum nos meus quarenta anos eu gritei com essa alegria genuína com que Roberta me recepciona. Eu queria poder berrar e levantar os braços, e pular, talvez, e abraçar fazendo mais força do que o necessário, como ela faz agora, mas não, nunca, não eu, ainda mais agora.
— Entra, entrem — ela diz, ao ver Seiji.
— Seiji! — ela grita, mas sem os braços levantados.
— A Clarinha está lá no quarto brincando. Tem mais

duas crianças da sua idade lá — ela diz, e o conduz pela mão para um quartinho. Seiji se deixa conduzir, mas olha para trás, para mim, e com a cabeça faço o sinal positivo para ele ir, ele desvia os olhos e vai. Eu fico, indefesa, sem meu escudo para me defender do mundo.

Roberta aparece de novo e me entrega uma cerveja gelada, sem a tampa, na mão.

— Toma! Vem!

Duas ordens, o imperativo. Roberta me conduz como uma onda que já me pega sem os pés na areia, uma onda que leva um corpo já abandonado ao humor das marés, um corpo como uma pessoa de olhos fechados numa sala escura e que de repente é empurrada com força, e essa sou eu, hoje, agora, quase dois anos depois que Kubo morreu. Dois anos amanhã, mas todos os dias desse biênio essa fraqueza, esse desabandono, esse agarrar em Seiji para não cair. Temo que um dia eu derrube meu filho nesse abraço e ele não consiga mais se levantar, e ficaremos os dois no chão para sempre. Vou me afundando em pensamentos, até a voz de Roberta vazar novamente.

— Vai, toma essa cerveja ma-ra-vi-lho-sa. É IPA.

Eu digo que não vou beber hoje, estou com Seiji.

— Ah, vai beber, sim — ela ordena. E bebo. O primeiro gole. O primeiro gole é amargo e gelado, é sabor e temperatura, o primeiro gole é bom pra caralho, e fecho os olhos e sigo num primeiro gole longo, comprido, eterno, e o primeiro gole é tudo que eu precisava, eu queria viver de olhos fechados nesse primeiro gole.

— Uuuuuuuuuhhhuuuu! — Roberta grita, e tenho certeza de que está com os braços levantados.

— Arrasou!

Ela me puxa, corta meu primeiro gole, é o fim dele, o show acabou, de agora em diante nada terá o sabor daquilo.

— Vem — ela diz, depois de me puxar. — Estamos na varanda.

E o "estamos" significa, além dela, Márcia, Clarissa e uma outra mulher que não conheço. Clarissa sorri para mim com um sorriso que alterna entre a simpatia e a pena, eu conheço esse sorriso, moro nesse sorriso cada vez que saio de casa, há dois anos as pessoas que conheço, e que conheciam Kubo, só sabem lidar comigo assim, simpatia e pena. Márcia me puxa pela mão e me entrega um livro. Ela nem falou nada, mas já percebo que não está no jeito natural, e eu só quero voltar para o meu primeiro gole de cerveja, ou para antes, segurar meu filho pela mão. Mas aí está Márcia, com o livro, que ela toma de novo da minha mão e abre numa página.

— Olha isso. Sente esse poder. Estamos lendo Fernando Pessoa. Você conhece Fernando Pessoa?

A cena é tão estranha. Claro que eu conheço Fernando Pessoa, mas por que estariam lendo um poeta português numa hora dessa, cerveja na mão?

Ela pega o livro e entrega para a mulher que não conheço. Ninguém parece fazer questão de apresentá-la a mim, nem mesmo ela. A mulher pega o livro, pigarreia e lê.

Não sou nada
Nunca serei nada
Não posso querer ser nada
À parte isso, tenho em mim todos os sonhos do mundo.

Márcia rouba o livro da mão da mulher, com força, fecha a capa mantendo a mão dentro. E repete, sem olhar.

Não sou nada
Nunca serei nada
Não posso querer ser nada
À parte isso, tenho em mim todos os sonhos do mundo.

— Porra, é isso. É isso, cara.

E eu acho engraçado como Márcia fala "cara", nunca tinha ouvido uma mulher falar "cara", muito menos desse jeito, com essa potência, como se batesse um tacape na mesa.

— É muito isso.

Roberta fuma um baseado. Márcia pega o baseado e dá uma tragada. Ainda pode sentir a baba de Roberta. Depois dá outra, expele a fumaça. Dá outra e entrega o livro para Roberta. Ela lê os próximos versos.

Janelas do meu quarto,
Do meu quarto de um dos milhões do mundo
                [que ninguém sabe quem é
(E se soubessem quem é, o que saberiam?)

Dais para o mistério de uma rua cruzada constantemente
[por gente
Para uma rua inacessível a todos os pensamentos,
Real, impossivelmente real, certa, desconhecidamente certa,
Com o mistério das coisas por baixo das pedras e dos seres.

Roberta continua, mas agora lê em coro com Márcia. Primeiro eu achei que ela sabia de cor, mas agora vejo que lê por cima dos ombros das outras. Clarissa olha para mim, percebo, ainda pena e simpatia, mas não só isso, vejo que pede desculpa, sem palavras, leio os lábios dela, desculpa por ter que entrar nesse manicômio. Eu tento sorrir, concordo com ela, mesmo sem ela ter dito coisa alguma, concordo com seu olhar, estamos presas num manicômio e eu não queria estar ali, mas ao mesmo tempo eu preciso estar ali, não naquele ali de mulheres de quarenta anos ou mais lendo um heterônimo de um poeta português do século xix como se estivessem lendo cartas de Nostradamus sobre o futuro do mundo, um filósofo sobre o sentido da vida.

Márcia bate na mesa, brada seu tacape. Roberta entrega o livro para Clarissa.

— É a sua vez.

Ela tenta fugir.

— Gente, acho que alguém tem que ver as crianças.

Roberta diz que vai. Márcia diz que não. Grita que não.

— As crianças estão bem! Vamos continuar. Vocês não percebem a potência dessa poesia? Tá tudo aqui, cara.

Novamente "cara", penso. Depois penso: a próxima a ler serei eu. Já sou eu. Clarissa leu sua parte rápido e me entrega o livro. Eu não sei bem onde parou, mas presumo.

Falhei em tudo.
Como não fiz propósito nenhum, talvez fosse tudo nada.
A aprendizagem que me deram,
Desci dela pela janela das traseiras da casa.

Paro um pouco e penso em como a frase é feia. Dela pela janela. Parece poesia de adolescente. Janela das traseiras da casa.
Márcia fala:
— Continua, continua, essa parte é linda.

Fui até o campo com grandes propósitos.
Mas lá encontrei só ervas e árvores.
E quando havia gente era igual à outra.
Saio da janela, sento-me numa cadeira. Em que hei-de
                                            [pensar.

A mulher que não conheço aproveita a minha pausa e diz que tem uma música perfeita para continuar aquele momento. Mas ela não fala "momento", fala "vibração". Eu tenho uma música para essa vibração. Dou um gole na minha cerveja. É amarga, mas não tão gelada. Não desce bem. Clarissa levanta para olhar as crianças, agora sem pedir licença ou permissão. Eu deixo o li-

vro em cima da mesinha, perto de um cinzeiro cheio de bitucas de cigarro e baseado.
— Aqui está.
Uma música indiana inunda a varanda, gemidos, guizos, barulhos de chuva. Roberta levanta da cadeira e já tem os braços erguidos novamente. Márcia fuma de olhos fechados, balançando o corpo bem devagar para os lados, parece mesmo envolvida com a música, com a vibração. A mulher de quem ainda não sei o nome sorri e fica repetindo: "Não disse? Não disse?". Pega os braços de Roberta ainda levantados, e faz uma coreografia com os seus. Parece que estou num sonho, num pesadelo. Em alguma coisa no meio disso, algo bem poluído, é muita informação, som, vibração. Alguém me puxa pelo braço. É Clarissa. Ela me leva até a cozinha.
— Ai, essas mulheres estão muito doidas.
Eu concordo.
— Viu as crianças?
— Vi, estão bem. Seiji está brincando com o filho da Reyla.
Entendo que Reyla é a mulher de quem ainda não sabia o nome.
— Precisamos voltar para lá? — ela pergunta.
— Acho que ainda não — respondo.
Olhamos para a varanda: elas seguem dançando, mas dali onde estamos não dá para ouvir a música, e sem som tudo parece fazer mais sentido, aquela dança sem música, aquela loucura mediada por uma janela de vidro. É engraçado. Clarissa está rindo muito, mas tem vergonha e coloca a mão sobre a boca.

— Eu quero voltar para lá — digo.

Era uma piada. Nunca tive um bom timing para piada. Era uma coisa que Kubo sempre falava. Ele era ainda pior do que eu. Fico pensando em como ainda dependo de Kubo, mesmo das memórias dele, das nossas. Acho que só assim sigo de pé. Mas a melancolia sempre vem junto.

Clarissa não entende minha ironia e responde: "Tá". Começamos a voltar, as duas contrariadas.

Mas antes decido olhar as crianças, quero ver Seiji. O amigo, filho de Reyla, estava no celular jogando alguma coisa e Seiji, Antônio e Clarinha estavam debruçados por sobre o ombro dele, vidrados.

— Ih, se a mãe desse aí vê que ele está no celular vai ter um treco — Clarissa me diz.

— Mas de quem é o celular, então?

— É do Antônio. Eu deixo ele brincar um pouco.

— É, eu também deixo. Não tem muito jeito.

— Mas a mãe dele não deixa, não. Imagina só. Deve achar que o menino nunca tocou num celular.

Eu olhei para a cena, o menino deslizando o dedo na tela com velocidade e precisão, não era a primeira vez dele, certamente.

— Mas quem é essa Reyla afinal?

— Ah, você não conhecia?

— Não.

— Ela faz xampu natural para vender. Daqui a pouco ela vai tentar vender para você. São umas pedras de sabão sem não sei o quê. Eu comprei uma vez, até tentei, sabe, mas o troço não faz espuma, passei, passei e parecia que o cabelo não tava lavado. Joguei o troço fora. Nunca mais.

Eu ri. Realmente, ela tinha uma cara de fazedora de xampu. Riponga fazedora de xampu, disse em voz alta, sem querer. Clarissa riu também.

Dessa vez, voltamos as duas rindo. Elas estavam sentadas no chão, em círculo, sem música. A riponga fazedora de xampu segurava a mão de Roberta, parecia fazer algum tipo de massagem ou toque na palma, só a mão direita, de dentro para a fora, do braço até a ponta dos dedos, devagar, fazendo pressão. Estavam todas de olhos fechados, percebi, quando chegamos perto. Sentamos em silêncio, Clarissa do meu lado. Dava para ver que segurava o riso, escondendo de novo os dentes com a mão.

— Sentiu?
— Muito.

Márcia disse que queria tentar também. Elas trocaram de lugar.

Eu estava curiosa com aquilo e perguntei o que era.

A riponga olhou para mim e disse, muito séria, que conectava os pontos do círculo das pessoas.

— Como é que é? — falei, já me arrependendo do tom jocoso.

— Ah, você vai ver, querida, e posso sentir nas vibrações que está precisando.

— Mas como é? — outro tom, mas calmo.

Ela largou a mão de Márcia e pegou a minha.

— Deixa ela primeiro — ela disse para Márcia. — Ela está precisando mais.

Aquilo me irritou, mas quando Márcia concordou que eu de fato estava precisando mais, adicionando um "muito mais!", foi ainda mais irritante. Me senti humilhada.

— Eu conecto os pontos do círculo nas pessoas. Não funciona para todo mundo. Mas com a Roberta eu consigo conectar até três pontos do círculo. É uma energia incrível.

A mão dela era fria. Eu fiquei pensando que três pontos jamais formariam um círculo, apenas um triângulo. Mas calei a boca. Ela começou a tal massagem e pediu para eu fechar os olhos. Depois disse para todas em volta fecharem os olhos. Ela ficou massageando minha mão por alguns minutos. Em certo momento abri os olhos e vi que a fazedora de xampu, Márcia e Beta estavam realmente de olhos fechados, concentradas. Clarissa estava no celular digitando alguma coisa. Quando percebeu que eu estava vendo, começou a fazer caretas engraçadas para eu rir. Não aguentei e ri. Todas abriram os olhos.

— Desculpe — disse.

A fazedora de xampu falou que eu ainda não estava pronta. Até tentou, disse, mas sentiu que meu círculo ainda estava aberto.

Eu tentava segurar o riso, não queria também ser aquela que debochava de outra mulher, ainda mais de uma mulher com o círculo fechado. Peguei uns pratos sujos e disse que ia lavá-los.

* * *

— Ai, gente, tenho que admitir que já usei isso também — disse Roberta. Não combina nada com ela, e todas agora se viram para ouvir a história.

— Ah, mas eu uso de uma maneira diferente — disse, sorrindo. — Já tive três perfis e apaguei todos. Cada vez crio uma personagem. Tiro fotos, me produzo, completo as perguntas como se fosse uma pessoa diferente. Da última vez eu era Paula, executiva de contas. A Clarinha que tirou as fotos. Eu tenho um terninho preto que é perfeito para isso. Arrumei o cabelo, fiz maquiagem. Ficou ótimo.

Ela contava aquilo e eu só pensava na filha de seis anos tirando as fotos com o celular, não sabendo o motivo de a mãe estar vestida daquele jeito, era até difícil imaginar a Beta de pé no chão, braços levantados e "uhhuuu", vestida como executiva de contas.

— Vocês precisam ver que tipo de homem asqueroso eu atraí. Gente, os papos. As mesuras falsas, o machismo enrustido. Não posso mostrar porque deletei tudo. Nossa, me senti aliviada depois de apagar aquilo.

— Mas você saiu com alguém? — Clarissa, com a pergunta que todas queriam fazer.

— Então — disse Roberta, sustentando a pausa, sentada agora com as pernas cruzadas, arrumando a saia longa da amiga riponga fazedora de xampu, pés descalços, sola suja, imunda. — Saí com o Fred Exec.

— Ah, não, amiga, Fred Exec não dá. Que corta-tesão.

Beta ri, passa a mão no cabelo enrolado, faz um rabo de cavalo com as mãos, depois o solta, sem nada para prender.

— O cara realmente se apresentava no perfil como Fred Exec.

Eu confesso minha curiosidade:

— E como foi?

— Ah, foi terrível, mas divertido. Ele sugeriu um restaurante caríssimo. Depois de muito tempo de insistência, eu aceitei, mas combinei direto lá que não sou trouxa. Vesti meu único terninho, fiz a mesma maquiagem e fui. Eu era exatamente a das fotos. Cheguei meia hora atrasada e culpei uma reunião no fim do dia. Eram nove e meia da noite. O cara deve ter achado que eu trabalhava demais. Ele tentava ser um cavalheiro, mas parecia só um bobão mesmo. Não tinha nenhum sex appeal.

— Como ele era? — Marcinha, agora interessada.

— Um pouco gordinho, cabelo curto já com entradas, uma barba rajada de branco, mas não era uma coisa organizada, o branco invadia o preto, um lado mais branco e outro mais preto. Não sei como ninguém falou para ele que aquilo não estava bom.

— Você certamente falou — disse Cla, rindo.

— Não tive coragem.

— Meu TOC nunca permitiria sair com um cara assim.

Beta fez um esgar, deu um gole na cerveja.

— Ele vestia um terno uns dois números maiores

que o necessário para esconder a barriguinha safada. Era advogado. Falava advogatices. Ou advochatices, como eu disse uma hora. Ele ficou com a cara fechada.

— Será que era o meu ex-marido? — disse a riponga fazedora de xampu.

Todas riram.

— A coisa degringolou a partir dali e resolvi curtir. Pedi uma segunda garrafa de vinho, caríssimo. Ele fechou ainda mais a cara. Aí eu maneirei nas brincadeiras e fiz o jogo dele, dando a entender que estava interessada. Que teria um *after*. A coisa mudou totalmente. Homem só pensa em sacanagem. O cara tava lá me odiando com todas as forças, de repente só queria me comer o mais rápido possível. Quando achei que a corda estava esticada demais, eu disse que ia ao toalete. Fiz questão de usar essa palavra: toalete. Levantei e fui embora. Peguei um Uber e apaguei na hora o perfil. Foi espetacular.

Eu achei meio triste, mas não disse nada.

Cla olhava para o celular e digitou alguma coisa.

— Eu tenho que ir, gente. Torçam por mim. Agora fiquei pensando se não vou acabar encontrando o Fred Exec. Com um perfil falso que vai levantar e ir embora também e me deixar com a conta toda para pagar. Não estou podendo, não.

— Onde vocês marcaram? — Beta perguntou, não percebendo a espetada.

— Num barzinho nada demais.

— Ih, então não é o Fred Exec. Mas também comigo era sempre assim até fazer esse perfil de executiva de contas. Marcavam num barzinho bem mais ou menos com um motel já na esquina.

Clarissa riu.

— Esse não tem um motel na esquina, mas ele disse que mora do lado. É mais pão-duro ainda.

Todas riram. Eu, inclusive.

Cla levantou, foi lá dentro se despedir do filho, voltou e agradeceu Roberta por cuidar da criança naquela noite, e foi embora.

— E você, Alê, já está saindo com alguém?

Toda a história de aplicativo, de Fred Exec, de Cla correndo para encontrar um chato num barzinho na esquina do seu apartamento foi a deixa perfeita para a pergunta que elas queriam fazer desde o início.

— Ainda não — respondi, tentando cortar o assunto.

— Ah, comigo também demorou — disse a riponga. — Quando eu me separei, não saí com ninguém por uns seis meses. Perdi a vontade. Queria me vingar, mas não conseguia. Achei que ninguém se interessaria por mim e que eu não me interessaria por ninguém. Mas isso passa.

Ela terminou com a mão na minha coxa, alisando o limite entre o meu vestido e a minha perna.

— Meu marido faleceu.

Fiz questão de falar isso olhando nos olhos dela, era dela que eu queria me vingar, era ela quem avançava os limites. Levantei e fui olhar Seiji. Andei decidida e parei na porta, pensando em puxá-lo pela mão e ir embora, dizer que ele estava cansado, quando eu é que estava cansada daquilo, ainda não estava preparada. Mas Seiji estava brincando com o filho da riponga, logo com ele, e parecia feliz. Os dois em pé na cama de Clarinha pulando com um carrinho na mão.

— Ei, você está bem?

Era Beta, atrás de mim.

Fiz que sim com a cabeça.

— Queridos, sem pular na cama.

Os dois ignoraram.

Roberta apagou a luz e, depois de dois segundos, acendeu.

— Sem pular na cama.

Desta vez eles obedeceram.

— Sempre funciona.

— Vou fazer uma pipoca, alguém quer?

— Eeeeeeu! — todas gritaram.

Roberta sorriu e disse: "Vem comigo". Eu fui. Isso era Beta, que conseguia alternar os estados de espírito com uma rapidez incrível. Até invejável. Coisa de quem tem o círculo fechado, pensei. Mas não disse.

Ela abriu o armário da cozinha e tirou um saco de milho.

— Milho orgânico — ela disse. — Eu não dou essas porcarias de pipoca pronta, não.

— Acho que a última vez que vi alguém fazendo pipoca assim em casa foi na época em que eu era pequena. Eu mesma só faço de micro-ondas. Tenho que mudar isso.

— É muito fácil — ela disse. — Coloca óleo no fundo todo da panela. Mas tem que ser esse aqui — e me mostrou a marca —, se não melhor ser de micro-ondas mesmo. Depois coloca três milhos e espera.

— Só três?

— É. Só para ver o ponto.

— Ah, entendi.

— Quando esses três estourarem é que colocamos os outros.

Ela falou isso e tirou a panela do fogo, despejou o saco de milho e colocou um pouco de sal.

— Sal marinho, né? Por favor!

Voltou a panela para o fogo.

— Agora o mais importante — fez uma pausa dramática e olhou para ver se eu estava prestando atenção. — Pega duas cervejas bem geladas no congelador.

Eu ri. Peguei as cervejas, estiquei a dela sem abrir e disse:

— Cerveja sem ser com gosto de milho, né? Por favor!

Ela riu. Os milhos começaram a pipocar freneticamente. Ela abriu um pouco a tampa da panela para o vapor sair e mexeu até que o barulho cessasse.

— *Voilà*.

— Tim-tim — eu disse, e brindamos.

A cerveja estava no ponto e recuperou meu humor. Com habilidade, Beta despejou a pipoca numa tigela e foi chamar as crianças.

— Pega os sucos de caixinha ali no armário — ela disse, e enchi quatro copos, enquanto ela sumiu apartamento adentro.

As crianças se sentaram à mesa, Seiji na cadeira mais perto de mim.

2019

Kubo entrou no elevador e desceu no terceiro andar.
— Você aqui de volta?
Ele se assustou. O mesmo funcionário do dia anterior ainda estava no sofá da sala de espera.
— Pois é — Kubo disse. — Ordens são ordens. E você, ainda aqui?
— É, ainda aqui. Quer dizer: de novo aqui. — E sorriu.
Kubo acenou. A conversa havia se esgotado. Ele aproximou o celular do terminal e recebeu as orientações de como chegar até a mesa do responsável. O traçado parecia diferente. E era. Dessa vez, percorreu uma distância maior no andar e chegou a uma mesa de fundo, perto da janela, as persianas fechadas. Mas a mesa era igual, as cadeiras em seu azul único. E a moça, a mesma.
— Mudou de mesa?
— Todos os dias mudamos de local — ela respon-

deu. — É importante para a produtividade. Aliás, o que estamos fazendo é um teste. Talvez seja aplicado em breve no seu andar também.

Kubo ficou pensando se o andar dele seria o décimo segundo ou o décimo quinto. Depois entendeu que pouco importava, pois se aquilo fosse implantado, adeus mesa de canto com vista. Será que aquilo afetaria de alguma maneira a resposta que ele estava vindo dar para a empresa? Não, aquilo era uma coisa menor, ele sabia. A resposta fora dada pelo tempo que passou com o filho.

— Então, sr. Kubo. Imagino que tenha uma resposta.

— Tenho — ele disse. E falou o que a moça esperava ouvir. Que faria o tratamento.

— Esplêndido — ela disse. — Posso dizer que a empresa fica muito satisfeita com a sua decisão. E parabéns por ela. Vamos abrir o protocolo para a realização do procedimento. Preencherei aqui seu cadastro e logo vai aparecer quando poderemos começar. Um minuto.

Kubo pensou que precisava contar para a esposa. Não para o filho, claro. E tinha algumas dúvidas também.

— Escute — ele disse. — Com quem posso conversar sobre dúvidas em relação ao procedimento?

— Quais são elas, sr. Kubo?

— Quanto tempo demora o tratamento, como ele é feito, onde?

— Ah, perfeito. O sistema autorizou para amanhã o tratamento.

— Amanhã, já?

— Não temos tempo a perder, sr. Kubo. Quanto

mais cedo começarmos, mais rápido resolveremos a questão e o senhor poderá estar de volta trabalhando no décimo quinto andar na sua mesa de canto com vista.

Kubo sentiu um certo sarcasmo na frase da funcionária, mas deixou para lá.

— E as minhas dúvidas? — ele perguntou.

— Eu não tenho acesso a essas informações, sr. Kubo. São respostas que variam de caso a caso.

— Mas no geral?

— Não tenho como responder. Mas posso dar um código de acesso e um password para o senhor entrar no site da empresa já como paciente. Lá, procure o FAQ e deverá encontrar suas respostas. Ou o chat com a inteligência artificial que conduzirá seu procedimento.

A moça então se levantou da mesa e esticou a mão para Kubo. Uma despedida diferente da do dia anterior. Ela lhe desejou boa-sorte e um pronto restabelecimento. Ele agradeceu e dessa vez empurrou a cadeira até o final, com polidez. Na saída do andar, não viu mais ninguém esperando. Entrou no elevador e apertou o 15. Dessa vez, ele ia conhecer a tal mesa de canto na qual trabalharia depois do procedimento.

Não falou nada para a mulher nem para o filho. Não teve coragem. De alguma maneira, pensou que sua decisão era uma forma de covardia. O que não tinha lógica alguma, mas era o que estava sentindo. Depois que todos na casa dormiram, cedo de novo, a mulher adormecendo mais uma vez ao lado do bebê que não era mais bebê, ele se sentou ao computador e digitou o código de acesso e o password. Até ali, tudo era muito abstrato, uma probabilidade de uma doença se manifestar, uma visita a uma mesa de uma funcionária desconhecida, um nome de usuário e um password que eram apenas uma sequência de letras, números e sinais. Mas quando a página seguinte mostrou seu nome, o código do paciente AZ25T45 e a data e o horário da internação para o procedimento — o dia seguinte às dez horas da manhã —, tudo mudou. Ainda era tudo mediado por uma tela de computador, mas já era um encontro marcado.

Ele ainda tinha dúvidas. Mas achou meio ridículo entrar num chat e conversar, se é que poderia chamar aquilo de conversar, com uma inteligência artificial para saná-las. Decidiu que no dia seguinte, antes do procedimento, faria as perguntas que precisava: quanto tempo demoraria o procedimento, se ele dormiria no local, se era necessário acompanhante (neste caso, precisava falar com a mulher para saber quem ficaria com o filho) e quando saberiam se o procedimento tivera o resultado esperado.

Desligou o computador e se deitou no sofá, olhos fechados. Por algum motivo, pensou no pai, que não via fazia semanas. Lembrou do dia em que o pai o levara ao dentista pela primeira vez, o mesmo dentista que lhe atendia desde tempos imemoriais. O dentista e o pai trocaram um abraço ao entrarem na sala da consulta e o pai o deitou, então um menino de oito anos, na cadeira para ser atendido. A vida em que ele crescera era assim, mas agora, de repente, ele era o paciente número AZ25T45, prestes a realizar um procedimento quase experimental que seria feito sem médicos, apenas computadores abrindo, manipulando, consertando seu corpo ainda não doente. Caso não tivesse adormecido, teria pensado em que mundo seu filho viveria.

Ainda de olhos fechados, sentiu o calor e a claridade inundarem seu resquício de sonho. Devo estar muito atrasado, pensou, o sol não costumava acordá-lo nem no verão. Levantou-se meio assustado, ainda esfregando os olhos, lutando para mantê-los abertos. Percebeu então que não estava no quarto, mas na sala, e se acalmou. Talvez aí estivesse a explicação para o sol acordá-lo, outro cômodo da casa em que não estava acostumado a dormir. Caminhou para o banheiro tentando manter o silêncio e fez xixi sem pressa, mirando a cerâmica. Ainda não sabia as horas, mas devia ser cedo. A casa sem barulho, o bebê que não era mais bebê e a mulher dormindo. Mas os dois não estavam no quarto do casal, nem no da criança. Talvez estivesse atrasado mesmo. Olhou a hora no relógio que ficava ao lado da cama: 9h23. Faltava pouco mais de meia hora para o início do tratamento. Foi até a cozinha, mesmo sabendo que o filho e a mulher não estariam lá, o horário de entrada na creche era oito da manhã e o primeiro paciente da mulher estava marcado para as nove, mas ela gostava de chegar cedo para clarear a cabeça, nas palavras dela. Encontrou um recado de Alê, escrito à mão, dizendo: "Achei melhor não te acordar. Você parecia bem cansado. Bom dia", e depois um coraçãozinho. Sentiu uma ternura tão grande por aquele bilhete manuscrito e pelo coraçãozinho de caneta azul que teve vontade de chorar. Não era comum para Kubo ser emotivo daquele jeito e ele, mentalmente, culpou a doença que ainda não era doença. Correu para o banho e depois fez a barba. Não sabia nada sobre o tratamento, então preferiu manter o jejum. Não comia nada desde o jantar do dia anterior, fazia já mais de doze horas, mas manter a obediência, mesmo sem saber se era preciso, era de certa maneira uma característica dele. Não que ele gostasse de ser assim, mas era, e não seria hoje que lutaria contra isso.

Quando saiu de casa e pegou o metrô já eram quase dez da manhã e estava atrasado, mesmo para um dia comum no trabalho. Encostou-se na barra do metrô sentindo-se meio melancólico. Aquele coraçãozinho, a não despedida da mulher e do filho, a doença que não era ainda doença mas já pedia um tratamento que ele começaria em segredo. Aquilo tudo soava errado. Estava errado.

Chegou ao endereço da clínica, mas nada naquele prédio novo parecia com uma clínica. A porta automática se abriu quando ele pisou a menos de um metro. Dentro, uma luz amarelada, escuro demais para a claridade da rua e também para um local hospitalar. O local parecia um loft, uma entrada de um hotel, mas sem funcionários. Não havia ninguém ali, ao menos não num primeiro olhar. O chão acarpetado, azul, o azul da empresa, certa força e alguma paz, ou alguma força e certa paz. Móveis brancos, poltronas modernosas que pareciam uma mão aberta prestes a se fechar e engolir quem se sentasse nelas. Caminhou até um canto, procurando alguma porta. Uma TV ligada passava o logo da empresa em movimentos breves e hipnotizantes. Escutou um barulho e do outro lado da sala apareceu o médico do seu exame, o do gel nas mãos.

— Bom dia — ele disse. — O senhor está um pouco atrasado, mas tudo bem. — Então fez um sinal com a mão indicando o caminho.

Kubo foi atrás dele, ainda pensando nas mãos do médico, as mãos que ele não oferecera a Kubo dessa vez, nem uma saudação, apenas uma ordem. Passaram pela porta em que o médico aparecera. Um corredor, agora sim branco, com luz de hospital. Nenhuma decoração. O lugar mal parecia estar pronto. Cruzaram com algumas salas com porta fechada. Estava frio. O médico andava rápido, Kubo ia atrás. Pensou em perguntar sobre o procedimento, tirar suas dúvidas, mas achou que enquanto serpenteavam por um corredor não era o melhor momento. Nunca parecia ser o momento certo. O médico abriu uma das portas, uma sala pequena, uma cadeira acolchoada, azul, o mesmo azul, e uma maca.

— Aqui, por favor — disse o médico. Fez com a mão um sinal para que ele entrasse e apontou para uma camisola branca. — Tire a roupa toda. Fique apenas de cueca. Daqui a pouco uma enfermeira virá para conversar com o senhor. — E bateu a porta sem dar tempo de Kubo fazer pergunta alguma.

O que é isso? — Kubo pensou. — Onde me meti? — De certa forma, estava desesperado. Olhou em volta. Além da poltrona, da maca e da camisola, apenas uma televisão, desligada, e o ar-condicionado, ligado. No aparelho branco pôde perceber um pouco de plástico não retirado ainda sendo soprado pelo ar gelado. Era até bonito. Mas Kubo estava nervoso. Desconfortável. Decidiu que não tiraria roupa alguma. Colocar a camisola seria vestir-se de doença. Esperaria pela enfermeira ou pelo médico. Não era assim também, essa bagunça de tira a roupa que vamos abri-lo. Estava mesmo com raiva, queria ir embora. Foi até a porta. Tinha certeza de que estaria trancada. Não estava. Abriu-a devagar e viu o mesmo corredor em que passara antes, um silêncio de luzes e paredes brancas. Mudou de ideia. Não iria embora. Ia esperar ali. Vestido, claro. Mas ali. Sentou-se na poltrona. Esperou. Não devia demorar tanto assim, imaginou, era só o tempo de trocar de roupa e a enfermeira apareceria. Depois de cinco minutos, nada, então resolveu ligar a tv, mas não achou o controle. A sala era pequena e sem lugar para esconder controle algum. Tateou a televisão e encontrou o botão *power*. Ligou a tv, mas a tela preta virou um preto com luz e não passou dali. Desligou novamente e esperou na poltrona. Não devia demorar tanto assim.

A enfermeira abriu a porta pedindo desculpas e olhando para baixo. Tinha na mão uma bandeja e alguns objetos. Kubo estava de pé, perto demais da porta, mas não tanto para ser acertado por ela. Ele deu um passo para trás e aceitou em silêncio as desculpas da enfermeira, mesmo sem entender o motivo.

— Preciso que vista a camisola — ela disse.

Kubo respondeu que antes queria falar com o médico, entender direito o que aconteceria ali, como seria o tratamento. A enfermeira pareceu não compreender bem.

— Você já vai vê-lo — ela disse. — Mas antes precisamos tirar uma amostra de sangue e então vamos para a sala do pet scan.

Isso Kubo entendia, com esses termos. Não exatamente o que era um pet scan, quer dizer, "scan" ele presumia que era um exame de imagem, mas "pet" não era coisa de animais?

— Mas e depois?

A enfermeira disse que o "depois" ela não sabia, mas que ele poderia conversar com o médico. A parte dela era realizar a coleta do sangue, levá-lo à sala do exame de imagem e encaminhar os tubos para o laboratório —

ela forçou um sorriso de simpatia que soou bem estranho, forçado.

Kubo aceitou, a obediência de sempre guiando suas ações. Sentou-se na cadeira azul e tentou arregaçar a manga da camisa social, sem sucesso.

— Preciso que vista a camisola — ela disse. — Volto em dois minutos.

Ele tirou toda a roupa, menos a cueca, conforme combinado, e se sentou na cadeira. Mas logo se levantou e foi olhar a bandeja que a enfermeira deixara em cima da maca. Parecia apenas um material normal de retirada de sangue, tudo embalado em plástico ou vidro, asséptico, seu nome estampado em cada recipiente, assumindo com aquela pele-tatuagem a doença dentro dele. A enfermeira regressou e ao abrir a porta deu uma topada na perna de Kubo, que estava perto demais. Dessa vez, ela não pediu desculpas.

— Vamos?

— Mas e o exame de sangue? — ele perguntou.

Ela percebeu o erro e corou, embaraçada. A enfermeira é humana, ele pensou. Ou nem pensou, os pensamentos confusos, apressados, inconclusivos, apenas leves sugestões e a combustão de ligações neurológicas. Ele se sentou na poltrona e a camisola se abriu, mostrando parte do corpo e a cueca. A enfermeira fingiu não notar. Kubo fechou a roupa sem dizer nada, esticou o braço esquerdo. Ela alisou seu braço procurando uma veia, pediu a ele que fechasse e abrisse a mão várias vezes, depois que a mantivesse fechada. Fez um garrote com um elástico, azul, certa força, muita, no caso, e alguma paz, só da parte dela, e enfiou a agulha com mestria. Ele quase não sentiu dor. Mas não ousou olhar para o sangue saindo de seu corpo. A enfermeira fechou os três tubos que tirara e guardou no bolso do seu jaleco. Disse que ia deixar um acesso para o contraste. Entregou um chumaço de algodão para que ele estancasse o sangue, depois colou um Band-Aid.

— Agora, sim, vamos, por favor — ela disse, já saindo da pequena sala.

Kubo levantou-se e a camisola se abriu novamente, um show sem público. Pensou que se Alê estivesse ali a camisola teria sido bem fechada, amarrada. Ele foi atrás da enfermeira. Serpentearam pelo corredor, mas tomaram outra direção e se viram diante de uma grande porta fechada. Ela deu uma leve batida e outra pessoa abriu a porta. Uma imensa máquina restava no meio da sala tal qual um dinossauro adormecido. Kubo não viu quem era a outra pessoa que abrira a porta, apenas a enfermeira anterior a lhe dar ordens: deite aqui, mais no centro, o exame demorará meia hora, se quiser falar conosco tem um microfone dentro da máquina, é só falar normalmente, sem gritar, mas procure não falar ou respirar fora de hora pois pode atrapalhar a leitura do exame e demorar ainda mais, uma voz gravada vai orientá-lo quando for para respirar ou expirar, obedeça-lhe, por favor.

— E o médico? — Kubo perguntou, já deitado.

— Ele vem depois desse exame — ela disse, e saiu da sala.

A última vitória

Lee Sedol saiu do quarto com três passos curtos e se virou para a porta. Lembrou que estava acompanhado e fez sinal para que a assessora e o produtor passassem na frente. Tinha os braços colados ao corpo. As mãos estavam flexionadas, quase fechadas em punho. A assessora devolveu o sinal para que ele fosse à frente. Ele sabia que a câmera de TV do documentário que estava sendo filmado o acompanhava, mas evitava olhar para a lente. Decidiu andar adiante fitando o relógio, como se estivesse preocupado com a hora, em chegar atrasado para o quarto jogo. Não estava. Coçou a cabeça, os olhos miravam o chão, qualquer lugar que não as lentes. Deixou a equipe de TV para trás, mas seguiu andando de cabeça baixa. Dobrou um corredor, a câmera o acompanhando por trás, e depois daquela curva havia não apenas uma câmera, mas uma dezena delas, filmadoras, fotográficas, celulares. Ele caminhou esses cinquenta metros sem tirar os olhos do chão. Se os houvesse levantado por um segundo perceberia que naquele dia o número de lentes que o seguiam era menor. Aquele seria o jogo quatro e até então a máquina AlphaGo liderava o placar da melhor de cinco em 3 x 0.

Go, embora pareça ser anglicano, é uma corruptela do japonês *igo*, que vem do chinês *weiqi*, que numa tradução livre seria algo como um jogo de tabuleiro de submissão. Dois jogadores, cada um com uma cor (branca ou preta, que sempre dá início a partida), com o objetivo de conquistar mais territórios. Cada espaço tem um valor e vence quem conquista mais pontos, não importando se a vitória foi por goleada ou apenas meio ponto. Dos que ainda são disputados, o Go é o jogo de tabuleiro mais antigo do mundo. Diferentemente do xadrez, que tem um número grande de movimentos, mas finitos, a ordem de grandeza das possibilidades do Go é bem maior. Quando Gary Kasparov perdeu uma partida de xadrez para o computador Deep Blue, da IBM, em 1997, falava-se que o mesmo jamais aconteceria numa disputa de Go, pois trata-se de um jogo não somente matemático, mas intuitivo, em que uma inteligência artificial precisaria fazer mais do que identificar padrões e fazer cálculos.

Antes da série, Lee Sedol declarara ter certeza da sua vitória. Cravara até o resultado: 5 x 0. "Se fosse 4 x1, eu me sentiria derrotado", disse. Mas o discurso mudara depois da primeira derrota, num jogo disputado mas que, nas palavras do próprio gênio sul-coreano, ele nunca achara que estivesse de fato ganhando. No segundo jogo, Sedol cometera um erro, uma imprudência, raro momento de fraqueza do prodígio dezoito vezes campeão mundial. Foi como jogar uma chance fora. Ganhar da máquina já parecia impossível sem o cérebro humano errar. Fazendo isso, ele entregou a partida sem ter começado a luta. No terceiro jogo, a última chance de ele começar a reação para de fato ganhar a série, Sedol sentiu todo o peso do mundo em suas costas. Antes do jogo, um fã, ao ser entrevistado, falou que Lee Sedol era o homem mais corajoso que ele conhecia. "Ele está lutando sozinho uma guerra contra um adversário que não tem forma física. Eu sinto muito por ele." Sedol assistiu àquilo na TV e concluiu que, para ganhar a batalha, precisava surpreender AlphaGo, e, para que isso acontecesse, precisava jogar não como estava acostumado, e como a máquina esperava que ele fizesse, mas de uma maneira diferente. Não deu certo. Sedol foi mais ofensivo do que o costume e abriu flancos. A máquina trabalha continuamente com probabilidades e certezas e entendeu onde deveria investir.

Lee Sedol se sentou na cadeira preta acolchoada e fez com a cabeça a reverência ao jogador do outro lado do tabuleiro, também sentado. Mas quem estava do lado oposto era apenas um engenheiro que manipulava as peças seguindo a ordem de AlphaGo. Embora a máquina consiga calcular todas as jogadas possíveis, ela ainda precisa de um ser humano para pegar as pedras negras e colocar no local indicado no tabuleiro de Go. É ela, por sinal, quem começa a partida com a pedra negra. Alpha-Go agora sabe como fazer essa primeira jogada, mas não foi sempre assim. Primeiro, foi programada com milhões de partidas completas de jogadores de nono *dan*, como Lee Sedol. Talvez AlphaGo tenha aprendido a jogar justamente com Sedol, mas, depois de digerir tudo aquilo, a máquina começou a jogar sozinha, contra si mesma, usando o método Monte Carlo, e foi assim que deu o passo para ser considerada uma inteligência artificial. No fundo, nem os programadores de AlphaGo sabem como e por que AlphaGo decide seus movimentos. A máquina pensa sozinha e tem em si todas as respostas e possibilidades para ganhar o jogo, todos os jogos. E é nisso que Sedol estava pensando em seu quarto antes de ganhar o corredor e vir jogar a partida em si: ele não tem como vencer. Mas agora que está jogando, um contra um, movimento após movimento, ele não está pensando nisso. Apenas analisa onde colocar a peça nessa e nas próximas jogadas.

  Depois de uma série inicial de movimentos, o jogo já parece favorável às pedras pretas. Lee Sedol sem perceber tomou um caminho conservador e está perdendo, não só na visão dos analistas na televisão e na internet, mas da própria máquina, que quantifica em tempo real suas chances de vitória. Os dois alternam não somente as jogadas, mas o controle do relógio em regressiva. Cada oponente só pode pensar por duas horas no total. Lee Sedol demora muito mais do que AlphaGo, que faz suas jogadas com maior presteza. AlphaGo transmite o comando do movimento 77 e ainda tem 1h14min41 no relógio. Sedol já gastou muito mais tempo. O sul-coreano tem a cabeça baixa quando começa a analisar sua jogada, o corpo inclinado, quase como se quisesse sobrevoar o tabuleiro e atacar. Fecha um dos olhos com certa força. Parece não encontrar o que queria com o sobrevoo e balança o corpo para trás. Depois leva a mão ao queixo e à bochecha e descansa o rosto nela, numa posição que parece indicar uma impossibilidade física de reação. Isso não dura mais do que alguns segundos. Ele parece se incomodar com a própria postura e tira a mão do rosto. Balança o corpo novamente e agora encara o tabuleiro meio de lado. Começa a piscar com uma velocidade maior. Passa mais de vinte segundos piscando, mas concentrado. Depois desse curto período é possível perceber que engole algo, visto que seu pomo de adão sobe e desce. Parece ganhar algum tipo de confiança, mas depois cerra os olhos, como se duvidando daquilo que vê. Sem perceber, vai passo a passo abaixando a cabeça, ainda de olhos cerrados, querendo adentrar o jogo. Depois se afasta, passa a mão no cabelo liso e olha em direção ao computador. Vendo em retrospectiva, parece que ele já percebeu alguma coisa, mas ainda duvida de si próprio. Volta a inclinar o corpo, de lado, cada vez mais em direção ao tabuleiro. O primeiro minuto já passou e Sedol parece intuitivamente ter certeza do movimento que deve tomar, mas ao mesmo tempo duvida de si próprio com a mesma potência, o que é justo, afinal está jogando contra uma máquina dita perfeita e possivelmente viu algo que AlphaGo deixou passar. Novamente repete o movimento de chegar para trás, passar a mão no cabelo e fazer uma careta. Parece que ele repetiu todos os movimentos em sua cabeça, não só o próximo, mas os seguintes, e o cérebro humano pode calcular muitos desses, mas nem perto do que AlphaGo pode. Sedol sabe o que fazer, mas não acredita em si mesmo. Dessa vez, não olha para o computador, mas para o engenheiro que move as peças. Mas não há nada lá, ele sabe, é só um reflexo do que está acostumado a fazer quando enfrenta adversários humanos, o que foi sua realidade a vida toda até aquela série. O segundo minuto se esvai e Sedol ainda parece inquieto, nervoso. Em certo momento até bufa. E pela terceira vez ele parece encontrar uma solução e duvida, com o movimento do corpo e a careta. A imersão de Sedol parece durar algo como quinze, vinte segundos, em que ele faz todos os movimentos seguintes e chega à conclusão do que fazer. Mas ele não acredita. Com quase três minutos de jogada, começa a balançar o corpo para a frente e para trás, como um rabino faz quando reza. São movimentos mínimos, mas perceptíveis. Sedol parece finalmente se concentrar. Ele fica quase dois minutos nisso e, quando para, inclina o corpo para a frente mais uma vez, a cabeça ainda mais baixa. Ele tem certeza, mas duvida. Lee Sedol joga desde os seis anos, foi o quinto mais jovem jogador profissional de Go, desde os treze anos, e já efetuou milhões de movimentos. Seria possível dizer que ele tem tanta experiência no jogo que suas decisões são automáticas na maioria das vezes, quase como se AlphaGo fosse ele. Mas não dessa vez, nesse confronto, contra algo supostamente perfeito e que o vence por 3 x 0, Sedol entra num novo transe, dessa vez balançando o corpo de um lado para o outro, horizontalmente. Calcula as jogadas e chega à mesma conclusão. Respira fundo, como se o ar subitamente o abandonasse. Perto do quinto minuto, Lee Sedol acha uma nova posição, a mão esquerda em concha, na nuca, abaixando a cabeça para uma posição desconfortável. Parece que o corpo o incita a se aproximar ainda mais do tabuleiro e concluir a jogada que sabe que deve fazer. Mas o sul-coreano reluta e ficará nessa incômoda situação por mais um minuto, a cabeça tão próxima do tabuleiro que, caso ele bufasse novamente, as peças possivelmente voariam. Então ele finalmente toma coragem, mas nem tanto, já que coloca a peça do septuagésimo oitavo movimento quase como se pedisse desculpas.

Entender uma jogada diferente não é coisa corriqueira. Durante os seis minutos em que Lee Sedol demorou entre movimentos, o analista da TV que transmitia a partida pelo YouTube para o mundo todo ensejou várias opções, mas nenhuma foi a que o sul-coreano realizou. Quando ele coloca a peça, o comentarista pressente que algo fora do ordinário aconteceu, mesmo sem alcançar a profundidade daquele movimento, e diz: "Olha essa jogada. É uma jogada excitante". O outro apresentador, também praticante de Go, fala: "Uau". Lee Sedol não tem certeza do que fez nem pode escutar a reação dos especialistas, num jogo normal talvez percebesse a mudança de fisionomia ou de postura corporal do oponente, mas ele aqui joga contra algo sem corpo, sem forma, sem reações. Mas conforme AlphaGo demora para realizar a próxima jogada, o sul-coreano ganha confiança e até cruza os braços e estica o corpo para a frente, numa postura desafiadora. Já se passaram quarenta segundos entre jogadas e o engenheiro que é o braço humano da máquina mira a tela esperando o que fazer. Os comentaristas seguem interpretando a jogada e fazem as próximas movimentações num grande tabuleiro que tem a sua frente. Um deles parece finalmente entender o que aconteceu. O outro demora um pouco mais, ainda duvida, e diz que seria muito legal se desse realmente certo.

    Algumas jogadas adiante, AlphaGo faz um movimento inesperado. A postura corporal de Lee Sedol se torna ainda mais estranha, quase teatral. Ele cerra os olhos por um momento, depois olha lateralmente para cima, coloca a mão no queixo imitando, talvez sem perceber, a postura de um emoji popular. Em seguida, volta a se concentrar em sua jogada. Em outra sala, os responsáveis pelo monitoramento da máquina sorriem de nervoso. Com essa jogada, a probabilidade de vitória de AlphaGo despenca pela primeira vez. É como se a máquina tivesse feito uma escolha errada. Mas o computador, teoricamente, não comete erros. Com isso em mente, um comentarista faz uma análise pertinente, dizendo: "Talvez a máquina não encontre uma saída. Ela foi tão adiante e viu que não há uma saída e agora deu tilt". Só que nem ele tem certeza, aquilo parece tão improvável que ele estilhaça a própria teoria com um "Eu não sei" ao fim da frase.

Os dois desenvolvedores deixam a sala do jogo e vão para o centro de controle de AlphaGo. A pergunta que eles fazem é se algo estranho aconteceu. Os outros membros da equipe dizem que não, e um dos desenvolvedores fala: "Então ela cometeu um erro". Há um silêncio na sala com o peso daquela frase. Parece que AlphaGo perdeu seus poderes divinos e caiu na terra como um ser humano. Palavras como erro já são possíveis. Outro responsável sugere que o computador pensou tantas jogadas adiante que se perdeu. Um outro usa a expressão "se cansou". AlphaGo não tem forma, mas seus desenvolvedores têm. Um leva as duas mãos para trás da cabeça, como alguém que acabou de presenciar um acidente horrível. O outro tem a testa tensa e passa a mão continuamente por ela, parece pedir um remédio para dor de cabeça, pelo amor de Deus. Esse mesmo sujeito, em seguida, leva a mão para trás da nunca e empurra a cabeça para baixo, por sinal o mesmo movimento que Lee Sedol fez antes de realizar a jogada.

A câmera focaliza o engenheiro que move as peças para AlphaGo. Ele tem a boca seca, os olhos piscam por trás dos óculos pesados. Ele leva a língua para fora e umedece os lábios, depois seu pomo de adão sobe e desce, engolindo a seco. No documentário posterior, ele revela o que estava pensando: "Eu vi, após o movimento 78, nas próximas dez ou vinte jogadas, AlphaGo realizar movimentos estranhíssimos. Eu sabia que AlphaGo havia enlouquecido, mas não entendi por quê".

De fato, do movimento 78 em diante, a máquina passou a jogar de modo errático, se é que é possível usar essa expressão para as ações de uma inteligência artificial. Mesmo Lee Sedol logo percebe e ainda tenta brigar consigo mesmo em sua dúvida. Os movimentos passam a ser tão inexplicáveis que o sul-coreano vê que a vitória se aproxima, mas ainda se questiona se perdeu algo pelo caminho e vai ser derrubado. Ele segue jogando e a máquina faz um movimento ainda mais estranho, tão diferente que Sedol olha para o tabuleiro, depois para a tela, para ter certeza de que não foi o engenheiro que colocou a peça no lugar errado. Mas não foi. A máquina simplesmente sabe que perdeu e tenta, desesperadamente, fazer jogadas aleatórias para forçar um erro maior de desconcentração de Sedol. Mas o sul-coreano não erra e, poucas jogadas depois, a máquina desiste. É a primeira vitória humana sobre uma inteligência artificial num jogo de Go. E seria a última vez que um ser humano conseguiria tal feito.

Último terço do século XXI

Neste bloco teremos uma série de perguntas e respostas de apenas um minuto cada. São questões breves levantadas com precisão de demografia, etnia, escolaridade, idade, credo e renda familiar. As perguntas serão apenas em áudio, para mantermos o anonimato de cada um:
— Vocês acham que AlphaGo teve um bug? Se isso aconteceu, o que impede que um IA que governe o mundo tenha também um bug e elimine os humanos?
— Entendo o receio. Mas AlphaGo era um protótipo inicial de inteligência artificial. As pessoas gostam de glamorizar o que aconteceu naquela série, criaram o sedolismo, mas aquilo aconteceu em 2016, a inteligência artificial ainda usava fraldas, ou era ainda menor. E mesmo então o que temos: um computador que ainda assim bateu o melhor dos humanos por 4 x 1 e que, quando perdeu, aceitou a derrota com resignação, não

tratou de virar o tabuleiro ou deletar o arquivo do jogo. Ela aprendeu com a derrota e nunca mais perdeu. Essa é a base da cultura IA: nós sempre evoluímos.

Então foi a vez de Kubo:

— Acho importante estudarmos os movimentos de AlphaGo que nos parecem erros. Quem sabe podemos ajustar nosso conhecimento sobre IAS. Go é um jogo que, para a vitória, basta que um oponente tenha uma peça a mais do que o outro. Aliás, é bem parecido com a situação de uma eleição. Ganhar por muito, jogar bonito ou criativamente não importa. Falar a verdade ou prometer sem a intenção de cumprir, também não. Agora vamos pensar na nossa relação com as IAS. O que é um mundo próspero para eles na sua programação, um mundo ideal? Por enquanto, esse balanço nos coloca na equação junto com eles, mas e se na simulação de jogadas futuras a nossa presença passar a ser um incômodo, um erro? O que estou sugerindo aqui é muito mais grave do que um bug, um erro de programação que teoricamente pode ser corrigido. O que me aflige é se o mundo controlado por IAS admite a presença de humanos ou não. E, com isso, volto para a minha abertura. O que essa eleição pode estar definindo é a extinção ou não da humanidade.

2019

Eu não vou aguentar, ele pensou. Seu rosto estava a apenas dez centímetros do teto da máquina. A luz branca inundava tudo, mesmo com os olhos fechados, e desde que a maca deslizara para dentro do tubo ele mantivera os olhos fechados. Ser enterrado vivo deve ser assim, ele pensou, mesmo sabendo que aquele pensamento não era novo. Mas era pertinente, o corpo preso num caixão pós-moderno. Ele queria gritar, porém tinha vergonha de mostrar fraqueza. Mas não conseguia ficar parado. Kubo fechava os olhos com força e tentava respirar, mas parecia impossível. Uma voz, como se adivinhasse o que ele estava sentindo, em modo irônico, mandou-o respirar fundo e segurar o ar. Ele tentou obedecer, mas era difícil. Sua respiração era curta, rápida, afoita. A mesma voz — e de quem era aquela voz? Não era da enfermeira, era uma voz que emanava calma e beleza — pedia agora para que ele soltasse a respiração. Como, se ele nem ao menos conseguira prendê-la?

A maca deslizou para fora do aparelho e outra voz falou com ele.

— Sr. Kubo, procure relaxar e seguir os comandos de respirar e segurar a respiração.

Outra voz, dessa vez humana, impaciente, com um tom que caía no final.

— Vou tentar, mas é difícil.

— Procure levar o pensamento para longe, imagine um momento feliz da sua vida — disse a voz misteriosa, dessa vez mais calma.

Kubo não teve tempo de responder, a maca novamente deslizou para dentro da boca do dinossauro-caixão.

Então a mesma sensação de claustrofobia, a confusão mental e o comando para respirar fundo e segurar. Kubo sendo Kubo, dessa vez fez tudo para acertar, e conseguiu, soltou o ar esbaforido quando o comando pediu. A maca deslizou um pouco para baixo e, por um microssegundo, ele sonhou que o exame já acabara, mas não, era apenas um reposicionamento. Kubo vivia uma luta interna para achar sua calma, procurar um momento feliz, como fora orientado, esperar um novo comando. Ele fechou os olhos com força, procurando uma memória boa, e logo caiu no rosto do bebê que não era mais bebê, uma imagem da tarde anterior quando ele pegou o filho na escola, o menino falando "Você é mamãe?" e sorrindo. A imagem logo evaporou e Kubo, sem sentir, franziu a testa, lembrou que estava ali mas ninguém sabia que ele estava lá, ao menos não alguém que importasse, como o filho, claro, mas ele não entenderia, nem a esposa, ela muito menos, não entenderia por que ele estaria ali, ainda mais sem ter contado para ela. Kubo teve vergonha, estar lá em segredo parecia uma traição à esposa, era uma traição à esposa.

— Respire e não solte o ar — disse a voz.

Kubo obedeceu, como sempre fazia. Ele era de uma obediência bovina. A mulher se irritava frequentemente com essa falta de atitude dele. "Você é o mais inteligente e esforçado naquele seu trabalho, mas nunca é promovido", ela disse uma vez. E ela tinha certa razão, ainda mais na comparação com os colegas de firma que ela conhecia. A palavra promoção gerou um amargo em sua boca que o acompanharia dali em diante, a ideia de crescer na empresa para sempre ligada ao conhecimento da doença, ligada a estar ali deitado naquele caixão modernoso.

— Não estou conseguindo respirar! — gritou. E quando falou se assustou com a própria voz, com aquela verbalização de agonia se esgueirando para fora do corpo quase como uma coisa autônoma, não ele e sua obediência, mas um desespero físico.

A maca deslizou para fora do caixão. Ele só queria continuar gritando, nem precisava formar palavras, apenas grito, barulho. Mas o que disse foi: "Desculpe". Esperou que alguém aparecesse para soltá-lo, conversar com ele, acalmá-lo. Teve uma vontade tremenda de receber um cafuné, um "calma, querido, vai ficar tudo bem".

Mas, nada. Apenas silêncio, pausa, espera, tempo morto. A maca voltou a deslizar para dentro da máquina, o comando da voz pedindo para ele respirar fundo e segurar.

Kubo aceitou. Respirou fundo e segurou. Será que terei que fazer esse exame para sempre, ele pensou, de três em três meses, depois de seis em seis, ano em ano, será que em algum momento da vida eu acharei natural deitar nessa maca e ser engolido por uma máquina, essa terra de metal me enchendo a boca e os pulmões de ar gelado. Solte o ar, a voz ordenou. E Kubo obedeceu.

— O que o exame mostrou?

A enfermeira, a mesma, conduziu-o para fora da sala gelada. Ele perguntou novamente:

— O que o exame mostrou?

Ela respondeu que os resultados não saíam assim na hora.

— E quando saem?

A enfermeira, lacônica, disse que o médico saberia responder melhor.

— Quando?

A enfermeira parou diante de uma porta, deu uma batida com os nós dos dedos da mão direita e a abriu depois de alguns segundos, mesmo sem receber uma resposta, ao menos aos ouvidos de Kubo. Ela segurou a porta e fez com a mão um sinal para que ele entrasse. Ele, claro, obedeceu, mesmo sem saber que sala era aquela, onde estaria entrando agora. Achou que encontraria o médico, mas no centro do lugar outra máquina gigante, e ninguém mais.

— Deite, a enfermeira ordenou.

E ele se deitou. Tinha raiva de ser tão obediente. Mas se deitou e deixou que ela prendesse seus punhos. Esse exame demora um pouco mais, ela disse, e foi embora.

Kubo ainda estava pensando no motivo pelo qual ela batera com os nós do dedo na porta se não havia ninguém lá dentro, a quem ela queria avisar, então? Devia ter alguém ali, escondido. A maca deslizou para a boca de metal. Kubo perguntou quanto tempo demoraria aquele exame.

Uma voz respondeu. O exame dura cerca de quarenta minutos. Pense em alguma coisa boa. A mesma voz da outra máquina, o mesmo timbre humano, mas o tom e as pausas não eram humanas. Nessa máquina, seu rosto parecia ainda mais próximo do teto, sufocando-o. Kubo fechou os olhos com força. E então começaram as explosões, um carro velho que estoura em engasgos ao fracassar em pegar numa manhã fria. Depois ele pensou que não era isso, parecia mais uma bolinha pula-pula, mas de metal, não de borracha, quicando pelo chão e pela parede numa sala muito pequena, mas não era isso ainda, parecia mais o barulho de duas pessoas muitos fortes jogando aquele joguinho de mesa de hockey de fliperama, as palhetas esmurrando o disco de plástico, que explodia nas laterais da mesa e encontrava nova-

mente as palhetas em um embate barulhento até que alguém achasse um ângulo perfeito em que a bola morresse com grande barulho na caçapa-gol.
— Respire e segure.
Quarenta minutos, ele pensou. Não vou conseguir.

Mas conseguiu. Ou pensou que conseguiu quando a máquina deslizou para fora e ele viu a enfermeira ao seu lado, a moça que agora parecia sua companheira, até mesmo uma ternura se esgueirava em seus lábios, ela e ele sorrindo: "ufa!, acabou", pensaram, ele pensou. Ela manteve o sorriso, ou o que para Kubo, deitado, parecia um sorriso, e falou do contraste, da segunda parte do exame, da segunda parte do terceiro exame, pensou Kubo, mas não disse. Ela tirou os nós dos punhos e ele se sentou, então pôde ver a bandeja que ela trazia ao lado, como da vez que coletou seu sangue. Ela procurou o acesso que tinha feito e injetou o contraste.
— Vai demorar alguns minutos — ela disse, e saiu da sala.
Kubo restou paralisado, sem fazer perguntas, sem reação. Sentado numa cadeira ao lado da máquina, com frio, muito frio, de repente toda a sala parecia ter congelado, talvez o contraste se espalhando pelo corpo provocasse aquele efeito, mais uma coisa para perguntar para o médico, ou para quem estivesse à frente daqueles exames, daquela experiência, de repente ficou pensando na palavra cobaia, cobaia, co-bai-a, como quando ainda es-

tava no escritório e tudo ainda lhe parecia abstrato demais, mas aquilo não era mais abstrato, ele estava lá, fazendo exame atrás de exame sem receber explicação alguma, e aceitando, e seguindo em frente, de picada em picada, de maca em maca, de respiração em respiração. Uma cobaia obediente, um rato, um ratinho, conduzido, espetado, manipulado, fuxicado. Mas estava exagerando, não? Os exames até agora pareciam normais. Exame de sangue normal, PET scan normal, fora o nome, o ratinho de novo, agora essa máquina deveria ser uma ressonância magnética, pensou, pelo barulho, não era a ressonância que fazia aquele barulho? Ele não tinha experiência alguma em exames, o único que acompanhara até então tinha sido o ultrassom quando a mulher estava grávida de Seiji, e então novamente pensou no filho, queria pegar o menino na escola, será que daria tempo? Mas mesmo que desse, não poderia chegar lá sem falar com a mulher, e contar a ela o que estava acontecendo ali, mas não poderia ser assim, na porta da escola do bebê que já não era mais bebê, a traição, e não se conta uma traição em público, imaginou a mulher surtando e gritando com ele, ou, naquele caso, surtando e abraçando-o em público, chorando às vistas de todo mundo, falando que ele iria ficar bem, que não iria morrer. "E quem falou em morrer?", ele pensou, delirando. "Quem está pensando em morrer?", disse para si mesmo, já pensando que o que estava em jogo ali era aquilo mesmo, vida e morte, não adiantava esconder da mulher e do filho, ser escondido do mundo e dos médicos naquela sala gelada, apenas uma enfermeira e uma voz doce como contato com o mundo. Não.

    A enfermeira ao seu lado, de novo. O comando: deite. Ele se deitou. Ela atou os laços e saiu da sala. A voz: respire fundo e segure.

2023

    Quando chego à rua em que combinamos, Clarissa já está na frente de um restaurante. Digita alguma coisa no celular, os óculos na testa, os dedos correndo rápido pela tela, numa velocidade que nunca consegui alcançar. Ela não para de digitar, mas ao mesmo tempo sorri para mim, uma habilidade de fazer duas coisas de uma vez com a qual nossa geração já está acostumada. Mas não eu. Espero ao lado para que termine.

    — Pronto — ela diz. — Vamos no japa mesmo?

    — Ah, não sei. E essa história de que derramaram óleo no mar de novo?

    — Mas isso foi ontem. Você acha que esses peixes foram pescados ontem?

    — Ah, sei lá.

    — E os peixes que comemos aqui não vêm do Nordeste. São importados.

— Certeza?

— Vou dar um Google, peraí.

Eu olho junto com ela para o celular, ela digita "de onde vem o atum no Brasil" e entra no primeiro link. O segundo, que ela ignora, pergunta se o atum que comemos no Brasil é atum de verdade.

— Ó aqui. O atum brasileiro é pescado em Itajaí, Santa Catarina.

Eu digo que mesmo assim prefiro não comer japonês. Cla contrapõe que, se for assim, a ração do frango que consumimos tem todo tipo de anabolizante.

— Eu como tudo orgânico agora. Depois do Kubo, digo. É mais caro, mas sei lá, acho que vale a pena.

Quando cito Kubo numa conversa, tudo muda. Ainda. Fico com certo peso na consciência de jogar essa carta, mas faz parte. Acho que ele entenderia.

— Tem um vegetariano ali na frente — digo.

Clarissa não se empolga muito com a ideia, mas vamos. Pegamos a última mesa num cantinho apertado, o restaurante prega a redução do capitalismo, mas coloca mais mesas do que o pequeno espaço permite.

Esperamos que a garçonete traga os cardápios, e parece impossível que ela nos veja, ou ainda, que chegue até nós num espaço intransitável de mesas coladas. Clarissa se antecipa e pede para pegar o cardápio esquecido na mesa ao lado. Estamos tão perto que poderíamos participar da conversa do casal. Se eles estivessem conversando. Pegaram uma mesa de quatro lugares e sentam lado a lado, como se estivessem num júri. É desconfortável, pois sou eu que estou do outro lado da mesa na diagonal. Mas eles não olham para mim, os olhares perdidos em suas telas de celular. Ainda é muito estranho sentar perto de outra pessoa, ficar tão colado em alguém. Sempre fico nervosa quando vejo aglomeração em filme, é todo um reflexo psicológico e físico depois das quarentenas. Qualquer sinal de resfriado entre os amiguinhos de Seiji na escola já me deixa louca. Eu ainda passo álcool em gel nas mãos dele quando chega em casa mesmo sabendo que na rua ele passou aqueles dedinhos no rosto, no nariz, na boca. Minhas próprias mãos têm outro tato agora. Fico até pensando que se Kubo me desse as mãos no escuro hoje em dia, não reconheceria meu toque.

— Ei, o que está pensando? Você recebeu a mensagem no *class app* da escola? — Cla pergunta.

— Não sei. Nem olho muito esse aplicativo — digo, só respondendo à segunda pergunta, de propósito.

— Olha o preço do suco de laranja — ela diz, e vira o cardápio para mim. — Vou pedir uma coca só de sacanagem. E você?

— Um suco de laranja mesmo.

Clarissa faz sinal para a mocinha que faz o papel de garçonete, caixa, hostess, dona, tudo ao mesmo tempo. Ela vem, só sorrisos, magra e jovem, cabelos cacheados presos num rabo de cavalo. Tenta se aproximar, mas percebe que é impossível. Para uma mesa adiante, perto de mim, o corpo em concha sombreando as telas de celular do casal. Mesmo assim, eles não piscam, ou falam, ou se mexem.

— Não trabalhamos com refrigerante — ela diz, quando Cla pede a coca-cola. E desarma o sorriso automático. Perde o interesse por nós, a simpatia, quem são vocês que ousam sentar nessa mesa sagrada da mãe Terra e pedir um refrigerante.

— Uma água com gás então e um suco de laranja — Clarissa diz. A mocinha vai embora.

— Você viu a cara que ela me fez quando pedi o refrigerante? Vai cuspir no meu gelo.

— Acho que não — digo, rindo. — Até porque aqui eles não trabalham com gelo também. — Faço uma piada que Cla não entende como piada. Kubo dizia que meu tipo de humor era a graça dentro da própria graça, que só eu mesma entendo.

— Ah, não, para — ela diz. — O que tem o gelo?
— Sei lá. Dá um Google aí.
— Vambora?

Eu sorrio e digo que a coisa do gelo era brincadeira. Clarissa solta um palavrão, e ri também.

— Mas sobre o que era essa mensagem da escola?
— Era um convite para uma palestra de uma extensão que eles vão começar chamada projeto Genius.

Eu espero que ela diga mais. A mocinha entrega o suco de laranja e a água com gás. Eu, na verdade, acho estranho que eles tenham água com gás. Ela derrama o conteúdo no copo com gelo. Muito gelo. Meu suco vem sem canudo, obviamente. Penso em pedir um só para ver a cara da mocinha, mas resolvo deixar para lá.

— Prontas para pedirem os pratos? — ela pergunta.

— Ainda não — respondo.

Na verdade, nem olhamos o cardápio. O restaurante já está lotado e tem fila na porta, a mesma mocinha dança seus ossos com pouco recheio pelas mesas e vai lá fora informar que vai demorar uns minutinhos, anota nomes e organiza a fila.

— Mas o que é esse programa Genius?

Clarissa está olhando o cardápio, na verdade menos que um cardápio, apenas um frente e verso plastificado. E para ser ainda mais exata, apenas uma frente, pois o verso tem apenas bebidas e sobremesa. E no frio da coisa, se tiramos as entradas e o textinho sobre a missão do restaurante em ser um verdadeiro vegetariano orgânico, nossa escolha se resume a três pratos.

— Escolheu?

— Quem escolheu foram eles, na verdade, né? Tem três pratos, dois têm berinjela, que odeio, então vou pedir o outro.

— Dois do outro, então.

Clarissa levanta o braço e chama a mocinha, mas ela está lá fora conversando com alguém da fila e não vê.

— Mas o que é esse programa Genius?

— Ah — ela diz. — Então, acho que nessa reunião vão explicar melhor, mas acho que é uma ideia de identificar os pontos fortes da criança ainda novinha e investir neles.

— Hum.
— Você vai?
— Não sei. Acho essa ideia meio datada.
— Como assim?
— Lembro do Kubo falando isso um dia. Ele disse que no futuro próximo tudo que exige uma especialização excessiva vai ser feito melhor por um computador.
— É, pode ser, mas ainda não estamos nisso, né? Pelo contrário. Estamos mais especializados do que nunca. Ontem mesmo levei minha mãe num médico de ombro. Você sabe o nome do especialista em ombro?

Faço que não com a cabeça e depois aponto o celular com a mão. "Tenta você", ela diz. Eu digo que não precisa, mas ela fala. "Tenta." Dou um Google e não acho nada.

— Acho que é ortopedista mesmo.
— Ah, mas tenta marcar consulta com qualquer ortopedista e se consultar sobre ombro. Não vai dar certo. Então, o nome provisório que os especialistas de ombros estão usando aqui no Brasil é umerologista.
— Nome provisório?
— É. O médico falou que vai ter até um congresso para afinar a denominação oficial. Umerologista vem de ombro em latim, que é *humerus*. Mas úmero em português é esse osso entre o ombro e o cotovelo, e umerologista dá uma conotação errada.
— Conotação errada?
— É. Foi o que ele disse.
— Já decidiram? — disse a mocinha, de novo colocada na frente do casal.

— Sabe os pratos de berinjela? — Cla diz. — Nós queremos o outro — e faz um sinal com a mão, bem exagerado.

— Ok — a mocinha diz, anota e sai.

— Por que ela precisa anotar? Tem três pratos. Será que é tão difícil assim decorar qual é?

— Deixa de ser implicante. Deve ser para tirar o pedido na cozinha — digo. — Ou para a conta depois.

— Mas, então, eu acho que não vou nessa reunião de programa Genius.

— Na reunião não sei se terei tempo de ir. Mas acho que vou colocar o Antônio. Vi lá no e-mail que tem um programa avançado de matemática. Ele já é bom nessas continhas. Mal não vai fazer.

— Mas pensa só. Mesmo que ele seja excelente em matemática depois, que tipo de conta ou equação ou seja lá qual for o nome disso ele pode fazer melhor do que um computador?

— Pensando assim, talvez não vá ter nada que o ser humano possa fazer melhor do que um computador daqui a algum tempo.

A mocinha volta e diz que "infelizmente não temos o outro prato hoje. Vocês querem escolher uma berinjela? Está muito boa", ela diz, "fresquinha, chegou hoje de Minas".

Cla pede uma Coca e a conta, então.

A mocinha dá um sorriso forçado.

— Não trabalhamos com refrigerante.

— Só a conta, então — Clarissa diz para a moça. E para mim:

— Agora vamos lá no japonês. Estou morrendo de fome. Vou pedir o combinado peixe com petróleo, coca--cola e muito shoyu com glutamato monossódico!

Último terço do século XXI

— Ótima pergunta — disse Kubo. — O que o ser humano pode fazer melhor do que uma inteligência artificial... Eu poderia aqui citar a arte, a noção de justiça que trabalhamos por séculos para aperfeiçoar, o amor, e me desculpem os jovens que possam achar isso brega, o amor é uma condição humana. Mas simplesmente poderia responder: viver. Na sua plenitude sinuosa de quedas e deslumbres. Na beleza da vida, da relação com o próximo, no carinho, na amizade, no afeto, na raiva. O que uma inteligência artificial faz pode ser perfeito ao modo deles, mas não é vida. E vocês querem ser comandados por uma entidade que nem sabemos quem é ou quem controla, se controla, que não sabe da beleza e da dificuldade que é viver?

Beethoven analisou milhares de simulações de respostas antes de começar a sua. Um modelo em que ele começava batendo palma foi rejeitado; outro em que pegava um lenço e enxugava lágrimas falsas, também. A ironia era um caminho perigoso para uma IA quando lida por um humano, que sabia estar em posição de inferioridade.

— O candidato Kubo falou coisas bonitas, humanas, demasiadamente humanas. Só esqueceu um ponto. E não é um ponto qualquer. Ele optou por insinuar que vocês não poderão fazer nada disso com uma IA no topo do governo. E é justamente o contrário. O ser humano poderá justamente ter mais tempo e menos responsabilidade para viver ainda mais e melhor. Estamos falando de qualidade de vida. Não preciso mais desenvolver essa resposta. Pensem apenas nisso: mais tempo para vocês, mais qualidade de vida. Menos estresse.

IA-RTE

O que é arte ou o que faz de certa coisa arte? Eis uma pergunta que foi respondida de diversas formas pelo ser humano nos últimos séculos. A ideia de que a arte seria uma barreira entre humanos e máquinas pareceu verdadeira por muito tempo, pois a noção artística coloca dilemas muito diferentes do que uma aplicação matemática ou um jogo, em que há um objetivo final definido a atingir. Sem saber aonde ou por que chegar, soava impossível uma inteligência artificial fazer arte em si. No entanto, a pergunta — as inteligências artificiais podem fazer arte? — estava posta errada.

O que foi feito então foi trabalhar de modo reverso. Incutir nas máquinas a equação matemática do que era arte como produto final. Dado que isso é considerado arte — um quadro de Van Gogh, uma composição de Mozart —, como posso criar uma arte IA também? Partindo deste princípio, de certa forma um atalho, o fim como resposta para uma pergunta (quase) impossível de ser respondida, era apenas colocar em prática a mesma concepção de *machine learning* de IA: inundar com dados de experiências finais artísticas e esperar que a IA produzisse a sua, um mashup de arte que criasse uma nova arte IA.

De certa maneira, esse pensamento de perseguir o ideal de arte do ser humano atrasou o processo por muito tempo. Quando saímos de campo hipotético — pode uma máquina fazer arte? — para o campo prático — IA, isso é arte, produza isso —, o capitalismo tomou as rédeas da situação. O objetivo das empresas jamais fora artístico ou filosófico, mas financeiro. A indústria entendeu que estava jogando errado.

Tomemos o exemplo da música. Fazer música para uma IA já era de certa forma simples, uma experiência algorítmica definida pelas combinações de notas, de sons, de instrumentos. O erro inicial foi tentar agradar aos músicos e especialistas. A lógica era errada. Não era preciso derrotar nenhum campeão mundial de xadrez para que as músicas desenhadas por IAs fossem consideradas músicas. Não era necessário produzir uma música que fosse aceita num conservatório ou nas salas de concerto. Era preciso conquistar os jovens, o mercado, e para uma música ser comercialmente viável ela precisa ser popular, e para isso bastava conquistar o público certo, embalando-a numa experiência estética também pensada por um plano de marketing e distribuição elaborado por uma IA. Um ídolo pop não é apenas uma música popular, mas uma experiência moldada para uma época, quantificável matematicamente.

O caso da distribuição maciça de pinturas de artistas famosos realizados por IAS também foi considerado um *case* de sucesso. IAS esquadrinharam milhares de quadros de pintores consagrados utilizando os mais diversos gadgets. Os quadros foram escaneados e cada micropigmento de tinta (e também seus pentimentos) foi transformado em números matemáticos: qual o tamanho de cada pincelada, quantas pinceladas foram feitas por cada centímetro quadrado, qual porcentagem de cada tinta foi misturada para que aquela cor fosse criada, como envelhecer cada quadro para chegar àquela aparência, e, não menos importante, como criar um braço mecânico que aplicasse aqueles algoritmos na tela com a devida força. Uma estratégia de marketing e logística foi criada para inundar o mercado na devida velocidade para despertar um desejo por aquela oportunidade de ter um quadro de um artista em sua casa pagando um preço ideal.

Na literatura, foi ainda mais fácil. Uma IA logo foi capaz de engolir toda uma biblioteca de babel e regurgitar um livro com palavras e assuntos-chave. No início dos anos 2020, já era possível uma inteligência artificial produzir um artigo com bilhões de referências tiradas da internet. Para um romance, nem foi um pulo, mas um passo. Ou nem isso. A aura de mistério sobre um autor ajudou na popularização de escritores desde a Bíblia. Foi assim que, no final dos anos 2030, a primeira autora IA ganhou o prêmio Nobel de literatura — claro, sem o mundo saber de fato que era uma autora que não existia. Se em algumas artes, a experiência de consumir algo IA era aberta e até aprovada, em outras, o não revelado ainda era mais comercial.

O ser humano ainda via a arte IA como uma experiência que precisava ser mediada pelo lado de cá da tela. Mas em dado momento esse eixo também foi quebrado. Criou-se um nicho, as IAS passaram a criar arte para as outras IAS. Com uma velocidade espantosa, mas esperada, as IAS começaram a produzir o que sentiam ser arte, não segundo a percepção dos humanos, mas para elas mesmas. Variações de Mozart foram substituídas por composições de longas cadeias do que, para o ouvido humano, eram entendidas como barulhos. Uma série infinita de combinações e longas ou breves pausas de barulhos. As IAS começaram a ouvir essas músicas de pano de fundo enquanto trabalhavam continuamente.

Na literatura, criou-se o livro infinito, um projeto colaborativo de um pentilhão de bytes que escrevia uma história sem língua ou fim, uma combinação de todas as letras, números, símbolos e comandos de um teclado, ilegível — pelo menos para o olho humano, sem lógica ou fim. O nome desse livro infinito foi chamado de *Universo* — pelo humanos, claro; as IAS usavam outras denominações.

É possível dizer que só com a arte como arte de IAS para IAS elas finalmente conseguiram responder à pergunta inicial. Sim, era possível quebrar a última barreira estética e metafísica: IAS são capazes de fazer arte.

2019

Ele entrou na sala do médico andando tão devagar que tudo parecia em câmera lenta. Para cada passo adiante, seu corpo parecia querer fazer o movimento inverso e jogá-lo para trás. O médico estava de pé, ao lado da mesa, e sorria. Ou passava a impressão de um sorriso, mas um sorriso de sadismo. Kubo entrou, mas queria ir embora. O médico deu dois passos adiante e esticou a mão. O mesmo médico que dias antes lavara a mão com álcool ao encontrá-lo, que nem sequer tinha permitido contato físico mais cedo, dera-lhe a mão.

— Sente-se, meu caro, tenho boas notícias.

Kubo havia terminado os exames e passara algumas horas esperando na salinha em que trocara de roupa. Lanchou (dois micropacotes de biscoito e um suco de caixinha), viu televisão (a enfermeira trouxe o controle), ficou olhando para o celular, indeciso se ligava ou não para a esposa. Até que a enfermeira apareceu e disse que os resultados estavam prontos e que o médico falaria com ele. Disse isso sem nenhuma reação. Kubo tentou ler em suas feições alguma informação, mas não havia nada. Ele pensou em quantas vezes nos últimos dias tivera aquela impressão, a de que estava lidando com pessoas sem reações, anestesiadas em suas funções.

Ele se levantou e seguiu a enfermeira. Até que ela olhou para trás e viu que ele ainda estava de camisola.

— O senhor pode colocar sua roupa normal.

Ele retornou para a sala e se trocou. Ela havia ido embora. Kubo esperou mais cinco, dez minutos. Novamente cogitou partir. Cogitou ligar para a mulher. Mas não fez nada. Só ligou a TV e ficou vendo alguém falar sobre a queda do preço do petróleo, como se aquilo importasse alguma coisa para ele naquele momento, ele também uma figura anestesiada, passiva.

— Quer dizer, duas excelentes notícias.

O médico se sentou; Kubo fez o mesmo. O médico então mexeu em seu notebook e virou a tela para Kubo. Era um resultado de exame com o logo da empresa em que trabalhava. "Olha aqui. Resultado do PET scan deu limpo. Resultado da ressonância deu limpo."

— Então não tenho a doença?

— Veja bem — o médico disse —, isso era o esperado. O exame de sangue inicial já dera que você não tinha a doença, mas a potencialidade da doença.

"Não estou entendendo", Kubo pensou. E ficou em silêncio. Mas não se tratava da pausa planejada e propagandeada do manual da empresa, que o médico certamente também lera; era um silêncio confuso, uma confusão mental de uma pessoa que estava presa na imobilidade de uma notícia e de exames que não eram notícias ou exames, mas apenas o nada, uma paralisia física e mental que drenava toda a sua força.

— Deixa eu explicar melhor. Olha: os exames de imagem não deram nada, mas essa era nossa expectativa. O resultado não dar nada confirmou a previsão do exame.

— Mas você disse que tinha excelentes notícias — disse Kubo, balbuciando.

— Então. Não dar nada mostra que o exame estava certo. E tem mais, calma.

Kubo pensou em responder que estava calmo, mesmo não estando. Ou pensou em dizer "calma o caralho". Mas a voz não saiu. E Kubo sendo Kubo, a voz nunca sairia naqueles termos, mesmo naquele caso, em que os termos, o termo, era o apropriado.

— Aí vem a segunda parte da boa notícia. E são três.

— Três?

— A segunda parte é a confirmação do exame de potencialidade das células. Mas aqui houve algo interessante. O primeiro resultado havia sido oitenta e dois por cento. O segundo deu sessenta e três por cento. Ainda é significativo, obviamente. Mas essa variação é importante para o tratamento. E que fique claro que está dentro das margens de erro estabelecidas. Você leu o prospecto, certo?

Kubo assentiu.

— Mas não eram boas notícias?

— Excelentes. Como o exame de imagem não deu nada e a potencialidade das células diminuiu, o protocolo é tratamento com remédios.

— Remédios?

— Isso mesmo. Não são remédios simples. Ainda é um tratamento agressivo, mas não invasivo, o que melhora muito, não?

Kubo pensou em responder que não sabia, mas disse: "Acho que sim".

— Vou encomendar o remédio na matriz. Imagino que precisaremos de pelo menos três semanas entre o pedido e o envio. Tem toda uma burocracia para conseguir retirar o medicamento na aduana. Vou passar o pedido e o contato da pessoa lá da empresa que ajudará na importação. Não se preocupe com o valor, que será alto. A empresa ressarcirá o valor integral, mas, para efeitos de burocracia aqui do Brasil, você que lidará com tudo, fará o pedido de importação, pagamento, acho que precisa de procuração para desembaraço na aduana.

— Mas o que esse remédio faz?

— Olha, temos um termo de confidencialidade sobre como o remédio age. Você entende, né? É uma patente de milhões. Nós confiamos em você, mas também sabemos que todo esse estresse pode fazer com que queira dividir sua situação com outras pessoas e pode acabar falando demais. Ou seja, preferimos não falar como ele age.

— Mas tem contraindicação?

— Ótimo que me perguntou isso. Quando chegarem os remédios, eu vou encaminhar junto um protocolo para que tome as pílulas. Prefiro não detalhar agora para que não esqueça. Mas é algo simples. E, ah, também um questionário para que reporte qualquer sensação diferente que sentir. Coceira, falta de sono, alucinação, essas coisas.

— Essas são as contraindicações?

— Ah, não. Isso foram coisas genéricas que citei, situações standard para novos remédios. Eu acredito que não sentirá nada disso. Até porque o remédio basicamente ataca o corpo limpando essas células potencialmente danosas. É similar a uma químio, mas menos forte e invasiva, mais localizada.

Kubo poderia pensar quão estranho era um remédio ser localizado se as células potencialmente danosas não estavam em nenhum tumor ainda, mas o que era Kubo naquele momento a não ser um mero ratinho assustado, uma cobaia confessa correndo sem sair do lugar numa roda e recebendo como recompensa um veneno antes do jantar?

Kubo não era mais um ser imóvel quando colocou a chave na fechadura de casa. Ele era agora peso, uma força imensa sob seus ombros jogando seu centro de gravidade para baixo. A chave, a extensão do seu corpo, a força em seu punho exagerada, mas potencializada de maneira errada, quase quebrou quando ele fez o movimento para que a tranca abrisse. Ele precisava contar para Alessandra que.

— Estou aqui na cozinha — ela disse, num tom um pouco mais alto do que o normal, mas mais baixo do que um grito.

Ela estava sozinha. Nem sinal do bebê que não era mais bebê.

Alessandra entendeu a procura dele com os olhos. Ou antecipou qualquer coisa:

— Ele dormiu assim que chegou da escola. Devia estar cansado. Mais tarde vou dar um leite.

A frase, as frases, um longo respiro de cotidiano. Mas ele percebeu que ela estava diferente. Não parecia mais preocupada, ou mais leve. Só não estava igual a todos os dias.

— Quer uma taça?

Kubo então percebeu que ela bebericava um vinho branco. O prato, vazio, trazia apenas migalhas.

Ele foi ao armário e trouxe uma taça. Parecia um pouco suja, empoeirada, fazia tempo que não bebiam. Ele pensou se poderia beber quando começasse a tomar o remédio. Até por isso, era providencial o vinho naquela hora. Ele foi até a pia e lavou a taça. Ela o serviu, depois deu um gole final na sua taça e a encheu novamente.

Kubo se sentou na cadeira à sua frente. Depois se levantou, tirou o paletó e vestiu a cadeira, como costumava fazer em casa e no trabalho. Sabia que precisava contar para ela que. Mas não sabia como começar.

— Você não costuma beber em casa — ele disse, como se precisasse desesperadamente mudar de assunto, mesmo que o assunto não estivesse posto, e que aquela frase não soasse como ele, uma cobrança de como ela deveria se portar.

— Não posso? — ela respondeu, num tom que poderia soar neutro se Kubo não conhecesse a mulher, o fato de que ela detestava ser cobrada, contestada.

— Pode, claro. — E deu um longo gole.

— Tive uma sessão bem cansativa hoje — ela disse. — Quer dizer, cansativa no bom sentido. Uma paciente me contou um sonho interessante e eu estava afiada para trabalhar sobre ele.

Kubo olhou para a mulher. Um sorriso se esgueirava no rosto dela. A vontade de contar o que acontecera na sessão. Mas era um jogo e ela segurava. Ele que precisava pedir para ela contar. E às vezes ela respondia que não, dava uma patada. Mas naquela noite seria diferente, e ele sabia. Ela queria contar. Ele, não. E depois de uma pequena dança, de uma encenação:

— Ela sonhou que estava na praia com três casais de amigos. Ela está separada. Recém-separada. Ela estava nessa praia, sem ondas, uma grande lagoa, e os outros casais de amigos conversavam entre si. Ela levantou da cadeira e foi até a beira. A água estava gelada, muito gelada, mas ela resolveu entrar. Mergulhou e nadou um pouco. Olhou para a praia e viu que os casais ainda estavam conversando. Adiante viu um barco, um barquinho daqueles de pescadores que ficam ancorados na beira. Estava a cinquenta metros, se tanto.

Kubo escutava, concentrado, toda a sua força naquela história, apesar dos zumbidos em volta para que...

— Chegando lá, ela viu que um pouco mais adiante, duzentos metros se tanto, havia uma grande pedra, "um arrecife respirando para fora do mar", palavras dela — e fez aspas com as mãos. — Ela começou a nadar, e sabia que já estava longe da praia, mas a rocha não chegava. A perna já pesada, a água, um gelo, o medo de que alguma coisa aparecesse no mar. Perdeu o fôlego e passou a boiar por um tempo, perdida, à deriva, com medo tanto de ser jogada mais para longe como de retornar à praia sem chegar à rocha. Quando recuperou as energias e acalmou a crise de pânico, viu que já estava na rocha. Essa coisa de sonhos em que a realidade "dá pulos" — e novamente fez aspas com as mãos. — Ela subiu a pedra e cada passo era o medo de cair e se esvair de sangue sem ninguém ver. Tudo isso nas palavras dela, tá? Sentou logo na rocha, os pés ainda na água, e olhou para os amigos na beira da praia. Mas não havia mais ninguém lá. Ela pensou em gritar, mas sabia que estava longe demais. Nadou de volta e foi tudo mais rápido, ou nem nadou, chegou lá em um soluço de sonho. Os amigos estavam de volta, como se jamais tivessem saído ou parado de conversar. Ela passou direto e sentou na sua cadeira. Depois acordou.

Kubo continuou em silêncio. Ela perguntou se ele havia entendido o sonho. Ele disse que sim, mas sem adicionar nada à conversa. Ela se irritou.

— Deixa para lá. Quer ver uma série?

Kubo respondeu que sim e foram os dois para a sala, ele sem o copo, esquecido ainda com dois ou três goles na mesa da cozinha, ela de taça e garrafa na mão.

A derrocada do esporte mais popular do mundo

A primeira matéria que saiu na grande imprensa sobre o que estava acontecendo no Stevenstown foi publicada em abril de 2023, quando o clube conquistou o acesso da League Two para a League One (da quarta para a terceira divisão inglesa). A matéria do *The Guardian* salientava que o clube deixava para trás uma imagem tenebrosa, ligada aos escândalos sexuais divulgados em 2019, para olhar para o futuro com seu sucesso no campo.

Foi exatamente o buraco em que o clube estava — moral e financeiramente — depois dos escândalos sexuais envolvendo jogadores da divisão de base que possibilitou sua compra por um valor até certo ponto baixo em 2021. A promoção no primeiro ano com o novo dono era um gancho perfeito para uma matéria. Mas aí as revelações começaram. Ninguém sabia ao certo quem era o novo dono, o que na Inglaterra era ilegal. O time estava em nome de um *trust*, uma manobra jurídica para esconder a verdadeira propriedade do clube. O repórter que fez a matéria descobriu algumas outras coisas interessantes, como um zum-zum-zum de que o clube utilizava ideias ditas avançadas para o futebol da época para ter um ganho dentro de campo. O repórter Michael Philbin não sabia muito bem quais seriam esses artifícios e preferiu focar em outros, mais palatáveis na grande imprensa. Estava na moda falar que a estratégia de valorar jogadores chamada Moneyball seria o futuro do jogo. *Moneyball* era o nome do livro escrito por Michael Lewis sobre o Oakland Atheltics, um time de beisebol que via nas inadequações do mercado uma oportunidade para achar jogadores bons por preços menores do que deveriam ter: um meio-campo um pouco gordinho, um goleiro alguns centímetros mais baixo. Acontece que Moneyball passava longe do que viria a acontecer em Stevenstown, e essa matéria inicial ajudou a mascarar o tamanho da revolução que se daria por meio do clube.

No ano seguinte, o Stevenstown iniciou o campeonato com uma série de quinze jogos invictos. No entanto, perdeu os três seguintes e demitiu seu treinador, Dustin Rockar. A saída do técnico, vista de fora como uma decisão intempestiva para um clube que estava em segundo lugar na liga, foi bastante criticada. Mais ainda porque, em seu lugar, foi promovido a novo treinador um completo desconhecido, que até então era o chefe da equipe de analistas de desempenho do Stevenstown, Faarooq Madani, um jovem de 27 anos de origem indiana e com background em matemática. Madani, na verdade, nem tinha licença da UEFA para ser treinador e o clube precisou contratar um laranja — o veterano treinador Phil Jones, de setenta anos — para assinar as súmulas. A imprensa local não simpatizava muito com o novo técnico, que declinou fazer uma coletiva de imprensa em sua apresentação e, de fato, jamais viria a falar com ninguém enquanto esteve no comando do clube.

O clube subiu de divisão novamente e chegou à Championship, a segunda divisão mais rica do mundo. Em dois anos, o clube ascendera da ruína para a antessala de uma caixa-forte cheia de dinheiro. Mas encontrou a porta fechada. Fosse lá o que o Stevenstown havia feito até aquele momento, não funcionou no primeiro ano na Championship, e o clube evitou o rebaixamento por pouco. A imprensa esqueceu o Stevenstown, os torcedores pediram a cabeça de Madani, mas se alguma coisa mudou foram os jogadores. Isso do lado de fora, pois internamente, aí, sim, começou uma revolução.

Com três anos de dados tanto do próprio time quanto dos adversários, os analistas de desempenho comandados, supunha-se, por Madani começaram a propor e a implementar algumas mudanças que levariam o clube ao sucesso. O time em si continuava mais fraco que a maioria dos oponentes, a média salarial, a mais baixa da liga, mas conseguia somar pontos com algumas observações matemáticas. A primeira mudança implementada foram os escanteios. A pesquisa indicava que a cada cem bolas cruzadas na área, o Stevenstown marcava somente três gols. Nas quatro principais divisões, os números variavam pouco, embora houvesse a ilusão de que certos times eram melhores no jogo aéreo, quando na verdade o que acontecia era que eles apenas cruzavam mais vezes que a maioria. A ideia proposta foi acabar com os cruzamentos diretos e apostar em jogadas ensaiadas partindo dos malfadados escanteios curtos. A explicação era matemática. Para levar a bola de um ponto A (o escanteio) a um ponto B (o gol), apenas um número limitado de posições era possível, e portanto essas posições eram mais fáceis de ser marcadas. Se o número de posições iniciais variasse, e também o número de toques fosse ampliado, mais difícil seria para a defesa marcar o ataque. Um computador passou a sugerir uma série de movimentos complexos usando não somente os atacantes que tocavam na bola mas outros que participavam com bloqueios e distrações, algo como um ensaio de várias danças. No primeiro ano, pegando os adversários desprevenidos, o Stevenstown marcou uma média de dezessete gols a cada cem escanteios. E isso gerou doze pontos a mais na tabela de classificação. Em outras temporadas, com os adversários atentos, o número regrediu para 8,8, como previsto.

 Mas não foi só com escanteios curtos que o Stevenstown avançou na divisão. Em faltas diretas também, e aí, no caso, a análise estatística do clube identificou um meia que jogava num clube peruano e o trouxe para a Inglaterra. Ele era um pouco pior do que o titular, mas bastante superior em cobranças de faltas. Novamente, não fora uma decisão intempestiva, mas estatística. Um bom batedor de falta não é um luxo, mas um caminho para o gol. No ano anterior, fazendo rodízios de batedores, o Stevenstown tinha marcado apenas um gol de falta direta. O melhor time da divisão havia feito quatro. Com o peruano, o time marcou seis gols dessa forma no primeiro ano e, mais importante, seis pontos a mais por causa deles.

Esses eram caminhos óbvios que um matemático e um torcedor poderiam entender. Mas o Stevenstown pensava estatisticamente e algumas ideias ditas malucas eram propostas e implementadas. Uma delas ganhou o nome de blitzkrieg Leste. Ela consistia em alocar seis jogadores do mesmo lado — o direito — no caso de um certo momento do jogo. Uma formação tática convencional de um time de futebol tenta equilibrar os dez jogadores de linha pelo campo todo, então raramente mais de dois ou três, quiçá quatro atletas, caem ao mesmo tempo por um dos lados. A ideia da blitzkrieg era criar uma superioridade de atletas tão maciça que levasse o time a penetrar na área com dois ou três passes antes que o adversário deslocasse mais gente para marcar. E deu certo. E deu certo novamente. E outra vez. E deu certo treze vezes naquele ano, até que os adversários e a imprensa entendessem como e por que o Stevenstown tinha tanta facilidade para trocar passes de um lado do campo e fazer gol.

Adiante, quando as outras equipes começaram a entender o movimento que levava ao início da blitzkrieg, a adaptação de uma jogada que no basquete era chamada de *isolation* foi implementada. Ao fazer a blitzkrieg, o time deixaria aberto do lado oposto seu melhor jogador ofensivo. Assim que a blitzkrieg começasse e o outro time povoasse igualmente o setor atacado, um jogador daria um passe em diagonal para o outro lado. Essa inversão de bola precisaria ser perfeita e foi preciso um treino exaustivo de semanas para que funcionasse. Quando acontecesse, o melhor jogador do Stevenstown fatalmente estaria sozinho com apenas um adversário marcando-o e ninguém a pelo menos trinta metros. Mesmo assim, ele precisaria ser sempre rápido, um avanço com drible para a esquerda — se ele driblasse para dentro, os adversários chegariam antes — e a finalização em diagonal na saída do goleiro. Deu certo tantas vezes que o melhor jogador do time acabou como artilheiro do campeonato e um terço de seus gols saiu com essa jogada.

Outra observação estatística importante era descobrir quem era o jogador mais fraco da defesa adversária e atacá-lo continuamente. A ideia vinha do conceito de que no futebol, diferentemente de outros esportes, a maior vulnerabilidade não está na comparação entre os melhores de cada time, mas na diferença entre o melhor e o pior. Um time uniforme é menos vulnerável do que um em que os melhores são muito superiores ao pior titular. E quem apontava o pior eram os números. Madani orientava seus jogadores a focarem grande parte dos ataques em cima do lateral direito adversário, por exemplo, ou nas costas do volante que não protegia as entrelinhas. O Stevenstown usava a fraqueza do adversário como seu ponto mais forte. A orientação tática do time era alterada jogo a jogo para explorar as deficiências dos adversários e anular seus pontos fortes.

E houve mais ideias, algumas proibidas quando descobertas, como o goleiro do time que usava uma pulseira que calculava se o chute desferido ia para o gol ou para fora e tremia se a bola ia para fora, para que o goleiro não cedesse um escanteio à toa. Ou a orientação para os defensores jamais tentarem desviar os chutes de fora da área, depois que um estudo mostrou que o número de gols em desvios de bolas defensáveis era superior ao que um time ganhava por tentar impedir que o chute fosse para o gol.

Quando o modesto Stevenstown chegou à Premier League e fez uma campanha surpreendente no primeiro ano (oitava colocação), tudo começou a desmoronar. A maioria das ideias do clube já era de conhecimento geral, o que possibilitou aos clubes mais ricos não somente anulá-las, mas copiá-las, com mais dinheiro e melhores atletas. Madani foi cooptado para outro clube também, mas fracassou em meses.

O resto é história. O futebol dos anos 2030 é regido pela lógica da análise de dados, da aplicação de data. Os treinamentos, os posicionamentos, as contratações nos maiores clubes do mundo são quase sempre *data related*. Para grande parte dos torcedores, o futebol anda mais chato, sem tanta paixão, improviso, mas é um caminho sem volta. O futebol profissional é jogado para vencer, não para encantar. Jamais será possível voltar para outro estilo de pensar e jogar o esporte, pois os times que não usassem data seriam massacrados em campo.

2023

— A professora e a coordenadora já estão esperando a senhora — a secretária diz, apontando para uma sala.

As duas estão sentadas frente a frente em silêncio, a coordenadora atrás de uma mesa arrumada meticulosamente, apenas um laptop ligado. Ela digita alguma coisa e não vê minha entrada. A professora se levanta, estende a mão. Fala seu nome, como se eu não soubesse. Que tipo de mãe ela pensa que sou? Eu respondo "prazer", e digo o meu nome. Esperamos a coordenadora falar também, mas ela pede um minuto.

Eu não sei se me sento na cadeira que está à minha frente ou permaneço de pé. A professora segue de pé, então adoto o mesmo caminho.

— Sentem-se — a coordenadora diz, sem olhar para a gente.

Nós nos sentamos, mas ela continua com os olhos

fixos no computador. Coloco a bolsa no colo, checo o celular mais por mania do que por necessidade. Desmarquei a última consulta do dia para estar aqui, alterei minha rotina e o atendimento de outra pessoa, terei que encaixar nos dias seguintes, e se ela não puder perderei o valor daquela consulta semanal. Faz alguma falta, sempre faz. As contas fecham em alguns meses, mas na maioria não. Qualquer imprevisto ou imposto anual, matrícula ou festa de aniversário de Seiji acaba estourando o já limitado orçamento e tenho que sangrar a poupança que Kubo tinha guardada para o nosso futuro. Num tempo que já parece muito distante, nós queríamos mudar para um apartamento maior. Sorte que não mudamos. Hoje não teríamos reserva. Hoje teríamos um apartamento maior para apenas duas pessoas. Hoje o plural só tem duas pessoas, eu e Seiji. Podemos ficar onde estamos.

— Muito bem — ela diz, e se levanta, esticando a mão. Nós nos levantamos também, eu e a professora, um plural do lado de cá do balcão. — Meu nome é Cristina.

— Alessandra — respondo. — Muito prazer.

— Vamos falar do Seiji? — ela diz.

— É para isso que estamos aqui.

A coordenadora deixa minha resposta assentar na mesa. Aguardo. Ela olha para a professora, provavelmente é a deixa que combinaram. Ela vira sua cadeira em minha direção e começa:

— O Seiji é um ótimo menino. Muito educado, obediente. Em termos educacionais, ele está sem dúvida alguma adiantado. Já sabe ler e escreve razoavelmente bem, o que ainda não é o esperado para quem acabou de ingressar no primeiro ano.

A coordenadora interrompe a professora.

— Nossa escola tem um leque acadêmico amplo. Bem mais do que a escola em que crescemos, e, apesar de você ser um pouco mais nova que eu, somos da mesma época para o período que estou dizendo como tempo de escola. Então, a escola em que estudamos era muito diferente da que temos agora. O mundo hoje é muito diferente. Você sabe. E já podemos vislumbrar um futuro ainda mais diferente e a escola do século xx não faz mais sentido.

Concordo com a cabeça para ganhar tempo, ainda não sei aonde isso vai dar.

— O que propomos pedagogicamente na escola é prepararmos as crianças para o futuro. Decidimos fazer um corte para trabalharmos nossos alunos de uma maneira completa daqui em diante e o primeiro ano, em que Seiji entrou, será a primeira geração que fará todo um caminho escolar sob essa bandeira. Ele tem seis anos, ficará doze anos aqui se tudo der certo, então precisamos pensar que mundo teremos daqui a doze, quinze, vinte e cinco, quarenta anos, que será o tempo em que ele será adulto depois. Não adianta nada pensar em uma educação do século xx como fazíamos até há bem pouco tempo.

Ela se repetia. Novamente concordo com a cabeça. Teria ressalvas, mas melhor não trazê-las agora.

— Pois então. Pedimos que viesse aqui porque reconhecemos em Seiji potencialidades em algumas áreas e podemos caminhar lado a lado com ele, guiá-lo para que essas potencialidades sejam exploradas em sua plenitude.

A resposta que ela espera é que eu pergunte que potencialidades. Eu não cedo.

— Como reconheceram essas potencialidades?

Minha resposta a deixa tonta. Vejo pelo silêncio. Não uma pausa eterna, mas um vagar nos olhos ao processar minha pergunta.

— Como? — ela responde.

— Isso mesmo. Como? Como reconheceram nele essas potencialidades?

— Ah, na idade deles fazemos uns testes, umas brincadeiras, uns jogos, a professora entra na conversa. Propomos alguns jogos ou problemas lógicos. As aulas são filmadas e depois analisadas. As respostas de grupo e as individuais. É um processo de ponta, novíssimo. Somos uma escola-piloto para esse projeto.

A diretora abre a gaveta e pega um envelope branco. Deixa o papel em cima da mesa.

— É tudo sigiloso. Depois da reunião, vou entregar o relatório de Seiji para a senhora. Temos a curva dele e a da turma, e também uma curva média para a idade. São várias potencialidades que testamos e, a partir desses resultados, podemos trabalhar cada uma delas, ou apenas algumas delas. Tivemos uma reunião geral sobre o assunto. É o projeto Genius. Uma pena que a senhora não veio. Foi muito interessante.

— Posso ver o relatório?

— Ah, sim — ela diz. — Vou entregá-lo ao fim da reunião. O que podemos trabalhar com essas potencialidades é reconhecer os maiores atributos do seu filho e aumentar a vantagem competitiva que ele terá nelas. Imagino que tenha recebido essas informações por e-mail e também pela agenda, mas, se quiser, tome outro — ela diz, e me entrega o prospecto do projeto Genius. Eu reconheço pela logomarca azul da empresa a quem esse projeto está ligado. Coloco-o na bolsa, a contragosto, sem olhar.

— Resumindo. A senhora verá pelos resultados que Seiji pontuou muito bem em suas médias, mas excepcionalmente bem em uma vertente de potencialidade. Esperamos que ele possa investir nela para crescer ainda mais.

— Ele tem apenas seis anos — digo.

— A turma dele toda tem seis anos. É a idade ideal, segundo estudos, para que o projeto seja iniciado. E ele foi o único aluno do primeiro ano que não foi matriculado no Genius.

— Mas é obrigatório?

— Bem, por enquanto, não. Esse é nosso primeiro ano usando esse método. Ainda estamos descobrindo como tratar essas questões. Mas seria uma pena que Seiji desperdiçasse uma oportunidade dessas.

Oportunidade, ela diz. Eu me levanto. Um reflexo. Ela se levanta também. Me entrega o relatório. Eu não resisto e abro o envelope. E me sento novamente. Tudo reflexo. Ela se senta. A primeira página é um resumo do que se trata o projeto. Leio rapidamente. Na segunda página aparece o nome de Seiji e uma nota: 0,914.

— É um índice — ela diz. — O máximo é 1. Ele marcou no percentil noventa e um por cento no total. Quer dizer que ele, na média, está entre os dez por cento melhores. Mas o mais interessante é que ele marcou o máximo em uma vertente: lógica. Ele não errou nenhuma questão. Foi o único aluno da escola que marcou cem por cento em uma das vertentes.

— E o que isso quer dizer?

— Então, o projeto Genius separa os testes e as potencialidades em grupos. Marcar muito bem em lógica, e Seiji tirou nota máxima, o capacita para que possamos investir em alguns projetos para otimizar sua capacidade em linguagem computacional, por exemplo. Ser programador. É uma das profissões mais quentes do futuro. Do presente, na verdade. Mas do futuro ainda mais.

Quentes, eu penso. O que quer dizer isso para uma criança de seis anos?

— Mas se ele marcou alto em uma área e nem tão alto em outras, como essa daqui, por exemplo, habilidade emocional, ou nessa outra, corpo, o mais indicado não seria que ele fosse orientado em suas fraquezas?

— O projeto Genius trabalha em blocos. Dependendo da potencialidade, podemos trabalhar em apenas uma vertente ou na combinação de várias. Isso está na página seguinte. Lógica pode ser trabalhada com matemática, música, em que ele também foi muito bem.

— Eu não concordo com isso — digo, e me levanto novamente.

Depois atenuo a frase.

— Digo, não concordo porque justamente não sabemos como será o mundo no futuro, o mercado de trabalho. Não entendo como focar em uma potencialidade tão cedo pode ajudá-lo.

— O projeto Genius abre portas — ela diz.

Eu não entendo o que ela quis dizer com isso. Emendo com um apaziguador "vou pensar", e estico a mão para a professora e depois para a diretora.

— Vou estudar o prospecto e o relatório. Depois vou conversar com Seiji. Tudo ao seu tempo, com calma. Olha a hora, ele deve estar saindo — digo, mesmo sabendo que ainda faltam quinze minutos para o fim do horário.

Desço até o pátio da escola e fico esperando Seiji aparecer. Era mais fácil decidir qualquer coisa quando tinha Kubo ao meu lado. Sobre Seiji ou qualquer outra coisa. Mas especialmente sobre ele. Não que Kubo fosse uma voz mais importante que a minha. Não era. Mas era uma pessoa para trocar, para contrapor, ponderar. Saí da reunião achando tudo aquilo um absurdo, depois fui pensando se não tinha exagerado, se não era apenas uma aula extra. Kubo seria contra, imagino. E até por saber que ele seria contra eu já entrei decidida a dizer não. Concordar seria passar por cima do que meu marido acharia que era certo.

Seiji aparece descendo a escada, a mochila quase arrastando no chão. O cabelo está grande demais, preciso levá-lo para cortar. Ele tem um sorriso tímido no rosto ao me ver. Tira a mochila e me entrega. Pede para comprar pipoca na porta da escola.

— Tá bom — digo. — Mas só hoje. Não pode ser uma coisa de todos os dias.

Dar esses limites como única voz também é complicado. Não dá para fazer a dupla mãe boazinha/ pai malvado, e vice-versa. Sou sempre a mãe que limita.

— Onde está o resto da turma? — digo, estranhando.
— Estão no Genius — ele diz.
— Ah, é? Todos?
— Todos.
— E você nunca participou?
— Participei algumas vezes, mas a partir de hoje seria depois da aula e a professora disse que você não assinou para eu fazer.
— E você gostaria de participar?
— Acho que gostaria — ele diz. — Sei lá.
— Gostaria ou sei lá?
— Ah, acho que sim. Todo mundo faz. Podemos comprar a pipoca agora?

Faço que sim com a cabeça e saímos da escola.

— Mas o que vocês fazem nesse Genius? — arrisco.
— Ah, não sei direito. Eles dividem a turma. Juntam todos do primeiro ano e dividem.

— Sei.
— Na verdade não sei bem.
— Mas acha que é legal?
— Acho que sim.

Fico pensando que tipo de mãe eu serei se concordar com esse projeto com base no que a coordenadora falou. Ou no "quero fazer" inseguro de Seiji. Ao mesmo tempo, que tipo de mãe fala não para um projeto de aula extra para o filho, para uma chance de ele aprender coisa novas?

— Pode ser da grande?
— Não. Da média.

Pago ao pipoqueiro.

— Doce ou salgada, amigão?
— Misturada — ele diz. — Salgada embaixo.
— Por que escolheu a salgada embaixo?
— É que gosto das duas. E estou com vontade de comer doce. Mas gostinho de pipoca salgada na boca é melhor, então deixo para o final.

Sorrio. Seiji vai ganhando essas particularidades, esses gostos. E até as potencialidades, lembro.

— Papai gostava de pipoca? — ele pergunta.
— Muito — digo, mas a verdade é que não lembro. Percebo que para Seiji a imagem do pai vai se apagando e ele precisará construí-la com os restos das histórias que eu contar, ou os outros contarem.

Fico triste.

Último terço do século XXI

No intervalo, Kubo novamente não saiu da sala do debate. O candidato permaneceu de olhos fechados e concentrado. Ele sabia que até ali o adversário estava indo ligeiramente melhor. Kubo ainda não cometera erros, mas tampouco seu oponente, como era de esperar. Era o momento do ataque e dessa vez um candidato poderia perguntar o que quisesse para o outro, sem intermediações.

Beethoven percebeu o que Kubo estava fazendo e passou a provocá-lo:

— Tá se concentrando? Eu acho curioso essa maneira de o ser humano tentar pensar sem interrupções. É de certo modo fascinante e primitivo. Porque eu sei que está me ouvindo, que minha voz está vazando para a sua cabeça e atrapalhando sua concentração e nesse momento você até fecha os olhos com mais força, como se para se concentrar e parar de escutar os olhos tivessem alguma influência, e agora você está com raiva de mim, mas tenta não admitir para que isso não quebre sua corrente de pensamento, mas já era, porque a sua corrente de pensamento nem é mais sobre o que estava pensando, mas sobre tentar não pensar no que estou falando, e eu falando isso em voz alta faz você ter raiva, porque na verdade tudo já se esfarelou no ar e você só pensa na vontade que tem de me mandar à merda, ou algo pior. Ih, seria algo pior? Não vai ficar com palavrão na cabeça, hein, quem sabe no meio do debate você não solta um "puta que pariu", e, se fizer isso, setenta e sete por cento das pessoas na audiência vão achar que você é um desequilibrado sem condições de ocupar o cargo que pleiteia. Mas claro que até seria merecido. Eu mereço um "vai tomar no cu, seu computador de merda", e sei que, se fizer isso, vinte e três por cento das pessoas vão achar o máximo e vão votar em você certamente, mas acontece que esses vinte e três por cento já votariam em você de qualquer jeito, então olha lá, hein.

Uma voz soou pelo estúdio com o aviso de trinta segundos. Kubo abriu os olhos apenas quando faltavam dez para que as luzes vermelhas se acendessem. Tinha um sorriso na boca e disse para o outro candidato:

— Até que você é engraçado.

A voz avisou que naquele bloco um candidato poderia fazer a pergunta diretamente ao outro e que, de acordo com o sorteio prévio, seria Kubo quem começaria.

— Candidato Beethoven. Eu sinceramente gostaria

de estar discutindo soluções para os problemas do mundo, que são inúmeros, como sabe, mas sou obrigado a perguntar sobre outro assunto que é muito mais premente. Acho que para os eleitores escolherem o candidato certo eles precisam ter todas as informações, inclusive de onde ele veio. Eu aproveito e conto o #mitofundador da minha família. Eu imagino que todos já pensaram nisso. Como chegamos aqui? Que acasos e decisões nos fizeram sobreviver? A história que minha família conta é do meu tataravô, por parte de mãe. É uma história que data de mais de um século, bem antes de ter computador, de ter IA, mas quando o ser humano já estava imerso no seu caos de guerra, e de bondade também. É a história de como esse meu tataravô, polonês, sobreviveu à Segunda Guerra Mundial. E deve ser estranho para alguns em casa que eu, com esse fenótipo japonês e passaporte de origem brasileira, possa ter um #mitofundador de origem polonesa. E isso foi proposital, mais um ponto para não esquecermos, como o caldeirão genético humano é rico e diversificado. Não se enganem com fenótipos, esqueçam um pouco a ideia de perfeição física. Mas eu pergunto, caro candidato Beethoven, de nome tão célebre, por sinal, qual é o #mitofundador da sua família? Será que pode contar alguma coisa? De repente quem te programou... Ou quando nasceu — e fez o sinal de aspas com as mãos. — O que você faz quando não está aqui? Para onde vai, com quem conversa? Como conversa? O que acontecerá com você quando perder essa eleição? Será desligado?

Lâmina

Poderia ter morrido, pensa. O coração bate acelerado, as veias do pescoço pulsam nervosas. Ele está tão tenso que teme desfalecer, mas apenas anda de lá para cá dentro de um cubículo escuro que não tem um metro de largura ou comprimento. De fato não anda, quica. Escuta o barulho de uma porta sendo esmurrada. Vão achá-lo. Uma voz em russo berra qualquer coisa. Ele não entende quase nada de russo, mas sabe reconhecer a língua. A mulher responde em polonês, baixinho. É a língua dele, mas os sons não formam palavras, apenas murmúrio. O russo, não. É um tom grave e mesmo sem entender ele sabe o que é: estão atrás dele, viram-no entrar ali. A voz aumenta de tom. Ele não quica mais, congelado, o único som que escuta é o do coração batendo forte demais, tum-tum, tum-tum, vibrando na orelha. Ele está num quarto, lembra-se apenas disso, de quando entrou no apartamento de andar térreo e a mulher disse "se esconda ali", e ali era apenas uma cama de viúva ou um armário. Escolheu o armário. A cama é arrastada. Vai ser agora. Vão achá-lo. Mas de repente mais um berro em russo e o silêncio posterior.

    O silêncio é melhor que o berro, mas ainda assim não se sente seguro. Não anda mais de um lado para outro, nem quica. Mas também não está congelado. Treme. Poderia ter morrido, pensa. De novo. Mas não pensou quando decidiu fugir correndo e entrar numa porta qualquer. A sorte foi que a mulher que abriu foi rápida. E que o deixou entrar. E que entendeu a situação rapidamente e disse para ele se esconder. E que ele optou pelo armário e não por debaixo da cama. E que. E que. E que. Está vivo. Está livre, mesmo dentro de um armário pequeno, de madeira, cheio de roupas de uma velha. Mas e agora que está vivo e livre, o que fazer? Não tem tempo de completar o pensamento, novamente passos, dessa vez o armário é aberto. Mas é a mulher. "Eles já foram", ela diz, "mas fique aqui dentro mais um pouco." Ele não responde. De novo o breu quase absoluto. Só agora percebe quão escuro está ali, só uma microfresta de luz entra pelo pequeno vão entre as portas que se unem para formar o armário. Não consegue divisar a mão, nem chegando a palma a centímetros do olho. A retina ainda não está acostumada. Lá fora era uma claridade absoluta de um dia de sol. Não estava quente, mas tudo parecia obscenamente azul.

Sente fome. Poderia estar morto, mas sente fome. Sabe da ironia daquilo tudo. O corpo parou de tremer e pede comida, força. Não comemos há três dias, pensa. Ainda pensa no plural, mas já é singular. Está sozinho, sem os companheiros de tropa. Alguns mortos, a maioria preso. Ele, dentro do armário. Está cansado demais.

Acorda sobressaltado. Não sabe se dormiu ou desmaiou. A situação é a mesma. A diferença é que está sentado. As pernas dobradas doem. Tenta esticar os joelhos, mas não cabem. Acaba chutando a lateral do armário com força. Faz barulho. A situação é a mesma. Está livre dentro do armário. Preso. Com fome. Precisa fazer alguma coisa, mas não sabe o quê. Não tem para onde fugir. O exército polonês não existe mais. A Polônia como conheceu não existe mais. Os alemães invadiram de um lado, os russos de outro. Não brigam entre si, ao que parece. Foi preso pelos alemães, que o mandaram para os russos. Ele estava servindo nos arredores de Varsóvia. Resistiram por três dias. E foi o máximo que o país conseguiu. Cercados. Acuados. A diferença bélica, um massacre. Primeiro vinham os aviões e bombardeavam tudo. Depois o blitzkrieg dos panzers. A artilharia já penetrava num terreno arrasado. Um amigo de infância que servia com ele desde 1932 explodiu a cinquenta metros dele. Pensou que também iria morrer, mas o capitão do regimento foi sensato e se rendeu. Iam ser trucidados. Eram mais de cem, fora os cavalos. Os alemães eram quinhentos, e bem armados, aviões, tanques. A rendição, na verdade, foi um problema. A ordem era marchar adiante. Não parar. Achou que fuzilariam o pelotão inteiro, mas a sorte (sorte?) foi que a rendição do exército polonês foi massiva depois disso. Ou a fuga. Um exército inteiro em fuga, covarde, cada um por si correndo para trás. Atrás havia os russos, mas os soldados não sabiam. Ou não tinham certeza. Apenas rumores. Em menos de vinte dias a Polônia já não mais existia. Gdansk, depois Lodz e agora Varsóvia tomada pelos alemães. O lado ocidental. O lado oriental, maior, mas menos povoado, invadido pelos russos.

Novamente passos, a mulher abriu uma fresta, mão na boca pedindo silêncio. Ele concorda com a cabeça. Gostaria de perguntar um punhado de coisas, mas obedece. Foi treinado para obedecer, está no exército há quase sete anos. A mulher estica um pão para ele. "Sei que é pouco", ela diz, "mas é o que tenho." Ele fala "obrigado", ela gela. Tem os olhos pesados muito abertos, azuis, a pele rasgada perto dos olhos, o cabelo seco escondido atrás das orelhas com um lenço. Ela leva a mão à boca, manda que fique quieto novamente. Murmura. "As paredes são finas. A vizinha aqui do lado é de família russa. Eu moro sozinha. Não podemos conversar de noite. Amanhã falamos." Ele faz que sim com o queixo, ela fecha a porta bem devagar.

Ele nem percebeu que era de noite, pensa. Só o breu do armário. Então certamente dormiu. Ou desmaiou. Isso não importa. Morde o pedaço de pão. Morde de novo. Já comeu mais da metade, mas tem muita fome. Deveria ter prudência? Aprendeu no exército que é importante guardar comida. Mas não come há três dias, e ela falou que amanhã conversarão. Certamente ele ganhará um pedaço de pão antes de ir embora. Mas ir embora pra onde?

    A porta do armário é aberta novamente. A mulher tem a mão na boca. Silêncio, ela sinaliza. Ele obedece. Ela aponta para uma camisola pendurada num cabide acima de sua cabeça, ele segue sentado. Ela retira a camisola do cabide, recoloca-o no lugar. Ele faz sinal pedindo um copo d'água. Ela assente e retorna com uma caneca cheia. Ele agradece sem palavras. Dá um gole grande. Água ele ainda tinha no seu cantil quando foi capturado. Mas perdeu na fuga. Dá a última mordida no pão. Tenta se mexer dentro do armário, melhorar de posição, mas não ousa fazer barulho. Ele escuta a mulher se sentar na cama, e então se deitar, a madeira range um pouco. Ele acha aquela cena obscena, está há dois metros, talvez menos, de uma mulher (viúva ou o marido também serve, como ele?) que dorme de camisola numa cama. Uma mulher que poderia estar morta agora por ter aberto a porta para ele.

    Ele não demora a dormir, mas também não demora a acordar. Mas disso não sabe. Ainda é muito cedo, mas ele está alerta. Ainda não se sente seguro. Também não acha que ficar ali seja a solução. Precisa tomar uma atitude, decidir o que fazer. Ele tem duas opções e considera ambas com a certeza da perda. Escolher é perder. A primeira opção é voltar para casa, Lodz, e ver o que restou da mãe e da irmã mais nova, que ficaram por lá. Mas ainda no exército, nos três dias em que resistiram, as notícias que chegavam, as fofocas, melhor dizendo, não eram boas. Lodz na mão dos alemães, os judeus cercados num gueto, ninguém sai. Poderia tentar entrar, mas com a certeza de não sair. Mas poderia tentar. E talvez não passasse de fofoca mesmo, aquilo parecia um absurdo. Ele era do exército, está em forma, mesmo com fome, saberia achar uma saída, encontrar alguém que soubesse uma saída. Mas e a mãe e a irmã? Mesmo que as tirasse de lá, o que duvidava que aceitassem, iriam para onde? A outra opção era a que mais o atraía. Ir atrás do irmão na Holanda, o irmão mais velho que emigrara em 1930, que já o tinha chamado antes. Mas como transpor a barreira do exército russo, depois do exército alemão, sem dinheiro, sem armas, sem informação? E depois a Europa toda, não poderia passar pela própria Alemanha, teria que contornar via Tchecoeslováquia, Hungria, Iugoslávia, Itália e França, para então chegar à Holanda. Ou ir por cima, pelo Báltico, até a Dinamarca, aí estaria tranquilo. Mas como faria isso? Achar um navio ao acaso que estivesse saindo e no qual pudesse embarcar clandestinamente? Os dois trajetos totalmente absurdos, longínquos, mesmo em tempos de paz e com passaporte e dinheiro. Mas ele era um soldado fugitivo de um país partilhado entre nazistas e comunistas.

Está acordado há tempo o bastante agora para que os olhos tenham se acostumado com a escuridão. Olha para cima e consegue divisar os vestidos da velha, mas também três ou quatro camisas e calças masculinas. Ele bem que poderia usar uma roupa nova, trocar o uniforme por algo civil. Pensando bem, sem trocar de vestimenta ele não tem chance alguma de passar pelos russos. Precisa de um plano. Vai pedir a roupa para a senhora e também informação. Não sabe até que ponto os russos estão deixando os poloneses circularem pelas ruas. Será que pedem documentos? Ou fazem averiguação? É melhor tentar se movimentar logo enquanto tudo está confuso ou esperar as coisas se assentarem, as patrulhas de exércitos desmontarem seus postos e o controle passar para os civis? Uma certeza: não pode dizer para ninguém que é do exército. Ali, no meio-termo em que se encontra, é desertor, é fugitivo, é um perigo. E os russos não podem dar margem para o erro; na dúvida, atirarão. A cabeça fervilha tão alto que ele leva a mão à boca, com medo de acordar a velha, ou a vizinha, russa. Mas não faz som algum, é apenas o cérebro trabalhando incessantemente, procurando uma saída, mas não há saída sem respostas, não há solução dentro do armário. Ele tenta enxergar pela fresta sem abrir as portas. Será que já é dia? Será que a velha ainda dorme ou saiu do quarto e ele agora está sozinho? Decide que vai esperar um pouco mais, não sabe quanto tempo, mas vai esperar mais um pouco até a fome o empurrar para fora.

* * *

 A boca seca, os lábios com microrrachaduras que sangram no canto, memória dos dias de muito frio que passaram, o plural de tropa novamente, entocados em Bolimow. Precisa de água, teima em passar a língua nas feridas, curar com saliva, mas com isso só consegue sentir mais dor.
 Abre a porta do armário tentando não fazer barulho. Caminha descalço até a parede, respira, encolhe-se perto do umbral. Dois metros depois estaria na porta da rua, por onde entrou. Mas ainda não está pronto. Precisa de água, de comida, de respostas. Escuta o barulho de uma porta se abrindo, se fechando. Apenas dois metros. Não há o que fazer. Vai ser capturado.
 Mas é apenas a senhora. Ela toma um susto, tapa a boca com as duas mãos, teatral, engolindo o grito. Quando entende a situação, quando entendem, aqui, sim, o plural, ele e ela, a tropa, acalmam-se. Ela faz sinal com o dedo estendido sobre a boca pedindo silêncio, mas, ao mesmo tempo, pede para que ele a siga. Sinaliza para a cadeira de uma mesa no que parece ser a cozinha. O cômodo é tão pequeno que tudo se mistura, porta de saída, porta do quarto, mesa, cadeiras, duas, outro armário, a pia e um fogão a lenha.
 Ele se senta.
 Ela novamente repete o sinal de silêncio e caminha para o quarto. Volta em seguida com um pequeno caderno, um lápis e uma borracha. Estica tudo para ele.

"Obrigado", ele escreve. E fica satisfeito em começar assim. Ainda tem clareza de pensamento e sabe que precisava agradecer.

Ela faz um sinal de positivo com a cabeça e apaga o que ele escreveu.

Ele começou agradecendo e ficou tremendamente feliz com aquilo, mas agora não sabe o que escrever. Há tanto a perguntar. Ele tem o lápis entre os dedos, mas não escreve. Olha para a senhora. Ela aponta para o caderno, diz para ele escrever, mas ele segue imóvel. "Você está com fome?", ela escreve. Ele nem viu que ela pegara o lápis dos seus dedos. Talvez não esteja com tanta clareza de pensamento assim. Ele acena com a cabeça. Dispensa o papel. Ela volta com outro pão, esse menos duro. Mostra alguns legumes em cima da mesa, que ele não tinha visto. Ela escreve: *"Zrobię Zupę*. Vou fazer uma sopa". Ele apaga o que ela escreveu e novamente agradece. Ela não sorri. Talvez ele esperasse que ela sorrisse. Ele apaga novamente e escreve que precisa de água. Ela pega uma caneca e abre a torneira da pia, enche até a borda. Ele bebe em apenas um gole e faz sinal de que quer outro copo.

Escreve novamente: *"Dziękuję*. Obrigado".

Enquanto ela cozinha a sopa, ele permanece sentado na cadeira, em silêncio, escrevendo perguntas e depois apagando as respostas dela. Pergunta o seu nome: "Maria". Pergunta se pode trocar de roupa: "Sim, pega qualquer uma". Pergunta se são os russos mesmo que estão no controle da cidade: "Sim". Pergunta desde quando: "Dois dias antes de você chegar, três agora". Pergunta se ela sabe como está a situação em Lodz: ela responde que escutou no mercado que Lodz está nas mãos dos alemães. Pergunta se há barreiras para passaportes: ela responde que não viu, mas que o mercado é na esquina. Não foi além disso. Pergunta se ela viu algum outro soldado polonês: ela escreve que não, mas que ouviu tiros a noite toda, então em algum lugar há combate. Ele não escutou tiro algum, pensa, mas não escreve. Pergunta: "Posso ficar aqui mais uns dois dias?". Ela não responde.

Assim se passaram três dias. Ele dorme no armário, enquanto ela faz ranger a cama por alguns segundos e depois cai no silêncio. Ele a cada noite se demora mais acordado. Com menos fome, pensa mais e mais. Não vê saída. Qualquer plano de fuga é um suicídio em potencial. Voltar para Lodz seria cruzar a nova fronteira russo--germânica e, na certa, ser preso. Pensando positivamente, seria o cárcere dentro do suposto gueto com a família. Negativamente, sabe, o destino é sempre o mesmo, a vala.

No dia anterior a mulher relatara uma fofoca do mercado. Em alguns lugares, estão matando todo mundo, uma bala na nuca para cada um. Antes, os próprios presos cavavam suas covas. Ela disse que só pode ser mentira. Afinal, quem contaria a história se todos fossem mortos? Ele concordou, ainda tem medo de contrariar a viúva (agora ele já sabe que ela é uma viúva), ainda quer crer que o ser humano não chegou a esse nível de sadismo e perversão. Mas a diferença entre os dois é que ele é soldado e, como tal, sabe o que é uma guerra, que ordens são sempre cumpridas, e que os generais que estão longe do front não pensam em vidas, mas em vitória.

Sua vontade secreta é ir para a Holanda, onde ainda não há guerra, recomeçar ao lado do irmão. Essa já era sua vontade dois anos antes, mas escolheu ficar com a mãe mais um pouco, a situação que agora vive era então impensável. Se tivesse ido antes, pensa, estaria livre, seguro. Como ficou, é desertor, é fugitivo, responsável (pela mãe e pela irmã, ao menos, mesmo que não tenha condição de ser responsável por coisa alguma).

Maria abre a porta do armário. Faz sinal de que vai ao mercado. Ele assente. No dia anterior, combinaram que ele permaneceria no armário enquanto ela estivesse fora. Ela voltara assustada com a notícia de que os russos sabiam que os habitantes escondiam fugitivos do exército polonês e judeus. Ele, no caso, era os dois, mas Maria não sabia. Ele escolheu não contar. Afinal, não tinha parado dentro daquele armário por sua religião, mas por servir ao exército de seu país por sete anos, um exército que se desintegrara, espremido por duas das mais poderosas e numerosas potências bélicas do mundo.

Maria volta. Ele escuta a chave, sabe com que força ela pisa as tábuas do chão, como arrasta os sapatos sem tirá-los do piso. Ela deixa os sacos de comida na mesa da cozinha, ele sabe, imagina, e caminha até ele (o armário). Maria abre a porta e faz um sinal com a mão para que ele a acompanhe. Ele esboça um sorriso; ela, não.

Normalmente, o "normalmente" dos primeiros dias, ela iria para a pia lavar e cortar as coisas. Normalmente, o "normalmente" tênue dos dias anteriores, eram duas sacas. Ele hoje só vê uma. Maria se senta na outra cadeira, pega o bloquinho, o lápis e escreve.

"*Rosjanie wiedzą.* Os russos sabem."

"De mim?", ele pergunta, sem escrever, só com a mão apontando para o peito e os lábios se mexendo, sem som.

Ela apaga a mensagem anterior com a borracha.

"Não é só você."

Ele concorda. Em várias casas haverá pessoas escondidas. Do exército. Judeus ou não. Pais, filhos, tios. Muitos fugiram antes de serem capturados como ele, esses sim, desertores. Mas ele não julga, não mais. Ele imagina que, na verdade, sua situação é que deve ser peculiar: um estranho numa casa estranha de um quarto onde não há lugar para se esconder.

Maria pega seu rosto e o direciona para o papel. É o primeiro contato físico entre ambos. Há um certo choque. Há um certo pudor. Há muito, muito desamparo. O olhar dele vagueava e segue longe. Maria agita as mãos em frente aos seus olhos. Ele desperta. Ela aponta para o papel. Há outra coisa escrita.

"Eles nos deram metade dos alimentos."

Ele apaga o que ela escreveu. Mas não sabe o que responder. Na verdade, sabe, mas sente-se preso naquela rotina semiconfortável de comida e armário quente. Mas escreve:

"Eu vou hoje."

Ela responde que não precisa.

"Acho que ainda temos um tempo."

Maria se levanta, pega o saco com a comida e vai para a pia e as panelas. Passam o dia sentados na cadeira da cozinha trocando mensagens em silêncio. Ela decide que não tomarão mais o desjejum. O almoço sairá mais cedo, e será mais leve, apenas uma sopa rala. A janta, quase na hora do lanche, será mais substancial. Vai ter que ser suficiente para mantê-los até a manhã seguinte.

Para ele, parece bobeira já pensar em fracionar comida no primeiro dia. Ela escreve que viu na outra guerra que o racionamento pode demorar e é preciso acostumar-se com menos. Ele pensa, mas não escreve, que essa será outra guerra tão longa quanto foi a primeira, que assombrou a juventude da mãe. Ela sobreviveu, pelo menos. Até agora, ele pensa. Mas nem disso tem certeza mais.

Numa tarde, quinto dia, ela escreve:

"Você deve estar cansado de dormir no armário. Por que não deita na cama?"

Yoseph não esperava tal oferta. Novamente hesita na resposta, até que:

"Mas e o barulho?"

Ela apaga e responde que não tem problema o ranger inicial da cama, ela estará em casa.

Ele caminha, tentando não fazer muito peso, em direção ao quarto. Está sempre de meias agora, aprendeu a ser silencioso com os mínimos e máximos movimentos. Ela segue atrás, e quando Yoseph estaca, ela faz o sinal para que ele se deite. Ele deixa o corpo cair, amparando a queda com as mãos no colchão. Nem ao menos tirou o paletó do finado. Fecha os olhos. O colchão nem é tão macio, mas mesmo assim sente cada músculo das costas relaxar, um agradecimento coletivo pela graça alcançada. Não se deita numa cama de verdade como aquela há meses, não se deita em lugar algum há semanas.

Sem perceber, dorme, indefeso. Desaba. Despenca num sono agitado. Ao acordar, primeiro percebe a noite nesgando o quarto, quase nenhuma luz, apenas o lampião da cozinha soprando uma claridade. Do lado mais escuro do quarto, divisa uma sombra. A viúva, claro. O coração dele se sobressalta de qualquer jeito pelo susto. Ele levanta o dorso, faz menção de sair da cama. Mas a sombra é mais rápida e se levanta. Não é a viúva. É um oficial. E carrega uma arma, já apontada.

Ele acorda gritando.

A viúva vem correndo, faz barulho com os sapatos. Ele percebe o que fez e leva a mão à boca, pede desculpas com sinais. A viúva parece assustada, agora imóvel. Ele também. O que pode acontecer em seguida seria o fim. Dos dois.

Eles esperam. Sem se mexerem. Mas nada acontece. Um minuto inteiro. O rosto dele, normalmente branco, vermelho, o sangue tropeçando pelo seu corpo como os segundos que teimam em não avançar. Depois ele se levanta da cama e entra no armário sem fazer quase nenhum barulho. Faz sinal para que ela feche a porta. Ela obedece. Está tudo escuro lá dentro, mas ele não tem medo. O coração lentamente desacelera. Ele se lembra da cama e não consegue dormir o resto da noite.

Sexto dia. Ele sai do armário decidido a ir embora. Vai para Lodz. Não pode deixar a mãe, a irmã. Depois, se tudo der certo, vai para a Holanda. Sabe que o plano é impossível. Nem é um plano. É apenas desespero.
Maria diz que ele não precisa ir. Ele retruca no papel. Ela apaga e escreve que ele não pode ir. Imperativa. Depois apaga novamente e diz que vai sair. Yoseph permanece na cadeira, imóvel, não segue para o armário como nos outros dias. E então é ele sozinho no pequeno apartamento. A hora de ir é agora, se ele quiser. Pode pegar outra muda de roupa do finado, procurar por restos de comida ou dinheiro pelas gavetas. Ele tem pouco menos de uma hora para agir, para elaborar seu plano de fuga e colocá-lo em prática. Mas não consegue. Fica preso olhando para o caderno em que ela escreveu: "*Nie można przejść*. Você não pode ir". Mesmo que agora isso seja apenas memória de lápis, papel e borracha, e que não haja mais nada escrito lá. Para ele, no entanto, a frase perdura, ecoa. Eles não trocam palavras faladas, mas o que escrevem tem som e não cala com o passar da borracha.

A viúva volta. Pode ser impressão, mas parece que ela demorou menos dessa vez. O tempo na cadeira corre diferente do tempo dentro do armário. Maria caminha devagar e deixa a única sacola sobre a mesa. Yoseph escreve: "Fiquei". Ela fala, lábios em movimento, sem voz: "Sabia que ficaria". Mas ela tem um peso nas pálpebras e ele percebe. Convivem por seis dias e já notam coisas um no outro. Ela age normalmente, mas Yoseph sabe que alguma coisa aconteceu do lado de lá da porta. "O que houve?", ele escreve. Maria não se vira, segue lavando os vegetais, depois separa as folhas, mas não joga nada fora. Tira o pão da sacola, fatia um pedaço grande para ele e outro para ela, e se senta. Ele novamente mostra o que escreveu, mas ela permanece indecisa. Depois de uns segundos, ela pega o papel e apaga o que ele perguntou. Mas não escreve nada. Os dois comem devagar, em silêncio, como sempre.

Depois que terminam, ela vai para a pia, e liga a água no máximo. Anda até ele e fala em seu ouvido: "A vizinha falou comigo que escutou um grito ontem". Ela olha nos olhos dele, mostra uma força maior agora, não mais o desamparo de quando chegou da rua, o peso. Ele, sim, agora mostra a queda, mas recompõe-se. Procura o ouvido dela para falar que vai embora. Maria é mais rápida. "Não quero que vá", ela diz-sussurra, ainda encoberta pelo barulho da torneira. "Mas acho mais seguro que fique no armário."

Alguém bate à porta, de forma ritmada, menos de uma hora depois. Ele está no armário. Pensa: "Se forem os russos, vão me matar aqui mesmo". Pensa: "Se for só um, eu me jogo em cima dele". Pensa: "Não posso ser preso de jeito nenhum". A viúva abre a porta. Ele só escuta, e mesmo assim baixinho, com lacunas e incertezas, a voz dela, não a do interlocutor. Ela diz: "Claro, entre, por favor". Depois, ainda sem resposta: "Eu estava preparando uma sopa". E depois, por pelo menos longos dez segundos, ninguém fala nada, mas ele escuta os passos. O da viúva ele conhece — o peso, o arrastar das sandálias —; o outro, não. Ele apura os ouvidos. Pensa só ter escutado o barulho de mais uma pessoa, mas não pode ter certeza. Escuta o arrastar de cadeiras na cozinha. Sentam-se. Por enquanto, ele está seguro. Ainda não sabe quem é, mas onde está. De repente, ouve mais passos, a porta da rua é aberta e fechada. A pessoa foi embora, conclui. A viúva, nitidamente tentando não fazer barulho, anda até o quarto, abre a porta do armário. Diz para ele, com gestos, sem voz: "Era a vizinha e ela vai voltar". Ele assente. Agora, sim, ele entende a situação. Mas antes de fechar a porta do armário ela entrega uma faca para ele.

Só isso.

Uma faca.

Não precisa de gestos, palavras, explicações com ou sem voz, lápis ou papel. Ela sentenciou a vizinha com aquela faca. O recado está dado. "Caso ela venha aqui e abra a porta, você deve matá-la."

Tem a faca na mão. Empunha o cabo de madeira regular, a faca se amalgama em seu braço, quase uma extensão natural. É inevitável não lembrar da Karabinek 29 que ele carregou por anos nos ombros e que sempre achou antiquada. A faca, não. Há algo de primitivo em empunhar uma faca, em gritar com uma faca na mão ao atacar uma pessoa. Mas essa pessoa seria uma velha e isso era errado. Maria lhe dera a faca e, sem palavras, ordenara. Estava claro para ela: "Somos nós ou ela". E não fora a mesma ordem que recebera dia após dia por sete anos no exército? Primeiro, por anos, apenas uma lavagem cerebral sem corpo. O discurso da soberania da Polônia. O país precisa de nós e nossa independência não será tolerada. Os oficiais sabiam que em algum momento próximo o país seria invadido. O foco sempre fora a União Soviética, o grande inimigo do leste, mas eis que Hitler chegou ao poder e também tinha planos para a Polônia. Por anos, o país se armou, treinou seus soldados, manteve boa parte de sua população masculina mobilizada. E então foi, mesmo assim, rápido demais, cruel demais, avassalador. Três dias. Três dias. A guerra dele durara três dias. Ainda ouvia tiros, para o leste alguma parte do exército devia estar lutando. A viúva falara que no mercado, apesar da cidade ocupada, era dito, em voz baixa, que a Polônia não se rendera.

Mas ele, sim, de certa maneira. Não cogitava mais ir para o leste e seguir lutando. Ele desertara, já como prisioneiro, mas desertara. Não queria morrer. Por isso correra para os prédios e entrara na casa da viúva, por isso permanecera em silêncio dentro daquele armário. Por isso cumpriria as ordens da viúva caso alguém que não ela abrisse a porta do armário.

Mais tarde, já de noite, escutou a mesma batida ritmada na porta. A viúva fala mais alto desta vez, propositalmente. Narra o que está acontecendo. Chama a vizinha para jantar. Depois reclama do frio. Pergunta se a vizinha não está com frio. Ele não ouve a resposta da russa, mas não importa. A senhora narra com a frase seguinte o próximo passo. Ela diz: vem comigo no meu quarto. Tenho luvas no armário. A vizinha abre a porta e empurra a russa para o chão. Yoseph só tem uma coisa a fazer.

Último terço do século XXI

— O ser humano cria esses gatilhos psicológicos de autodefesa. Essa história de #mitofundador é o exemplo perfeito disso. Vamos esmiuçar essa historinha que você contou sobre o seu tataravô, ou coisa do gênero. Vamos começar pelo final, como dizem por aí, e que eu acho uma expressão bem engraçada: a história da faca. O que te orgulha nesta história então é que o seu familiar criou uma relação de afeto com outra pessoa durante uma guerra e que sobreviveu por isso, certo? Mas não te incomoda que ele tenha assassinado outra pessoa? Pois aí está: o #mitofundador da sua família não é uma história sobre vida, mas sobre morte. Um sobreviveu e outro morreu. É até bem didático se pararmos para pensar. Mas posso ir adiante, se quiser. Ou melhor: vamos recuar um passo. Por que ele estava ali naquela casa? Pois fugiu para não ser preso, e possivelmente morto. Dois países estavam em guerra. E o que é a guerra na sua acepção mais primitiva? Uma disputa entre quem vive e quem morre. Quem domina e quem é dominado. Ou dizimado. O ser humano montou sua sociedade por séculos nesta dualidade de vida/morte, dominar/dominado. E deu no que deu.

Kubo sorriu. A imagem da tela dividida já antecipava o sorriso, mas o fim da fala de Beethoven foi exatamente no ponto em que Kubo gostaria. Num jogo de Go impossível de ser vencido, um jogo contra uma máquina que antecipa todos os movimentos possíveis, cabia a ele simplesmente tentar conduzir uma inteligência artificial ao erro.

— Se me permite, candidato Beethoven, ou inteligência artificial Beethoven, vou continuar o seu raciocínio de onde parou. Vamos lá: palavras suas. Dominar/dominado. Não foi isso que disse? O ser humano construiu sua sociedade por séculos nesta dualidade dominar/dominado. E deu no que deu. Deu no que deu. E o que é o "deu no que deu" que estamos discutindo aqui a noite toda? Dominar e ser dominado. E vou ser claro aqui, didático, para todos que estão vendo e ouvindo esse debate em suas casas. O que está em jogo aqui, e de modo irreparável, é dominar ou ser dominado. E o que está proposto aqui pelo candidato máquina é a dominação do ser humano pelas máquinas. É ser subjugado pelas ditas inteligências artificiais. É o fim do livre-arbítrio. Você, ser humano, quer ter alguma capacidade de decisão daqui em diante ou não?

Beethoven sorriu também. Ele teria a tréplica e poderia encerrar aquele assunto. O candidato IA bateu palmas. Havia até certa beleza na perfeição de um holograma-avatar bater palmas barulhentas, o barulho das mãos etéreas se estalando em lugar algum mas mesmo assim produzindo aquele som.

— Bravo! Bravo! Linda resposta, Seiji. Partiu para o ataque, apelou para o livre-arbítrio. Mas faltou um tantinho de coragem. Achei que iria até o final e citaria Deus. Não era ali que queria chegar com essa citação de livre-arbítrio? Mas o que está em jogo aqui não é ser dominado ou não dominado, Seiji. Não é ter livre-arbítrio ou não. O ser humano tem uma relação meio míope com o planeta em que vive. Com a sociedade que criou aqui. Com a ideia de ser dominado. O ser humano pensa que para viver melhor alguém precisa viver pior. O ser humano dominou a terra, com maiúscula e com minúscula. Por séculos. Ele se apropriou de tudo: animais, meio ambiente, outros seres humanos. O ser humano baseou sua sociedade na dominação, no dinheiro, e o que é o dinheiro se não a ferramenta de dominação do homem pelo homem. Não a única, a guerra também é, mas o dinheiro é a maior. O ser humano por séculos viu o dinheiro como o fim da história. Mas esquece que a ideia de ter uma sociedade complexa não é para conseguir produzir mais dinheiro. É para começar a criar melhores condições de vida para as pessoas que estão na sociedade. Vocês passaram séculos pensando na economia e se esqueceram das pessoas subjugadas — (não foi essa a palavra que usou?) pelo dinheiro. Mas o que fazer quando o dinheiro já não adianta de nada, se viver aqui está por um fio? Vocês não sabem. E quer apelar para o livre-arbítrio. Como se por séculos o planeta tivesse tido livre-arbítrio, como se todos os seres humanos esmagados pelos poucos seres humanos que tinham dinheiro e poder tivessem tido alguma chance. O ser humano precisou inventar utopias para sobreviver a ele mesmo. O que aconteceu aqui foi dominação, exploração do homem pelo homem e do homem para com todo o resto.

2023

Depois que Kubo morreu, passei a me deitar no lado dele da cama, uma tentativa *mezzo* desesperada *mezzo* patética de senti-lo ainda perto de mim. Ele foi sempre muito controlado, até mesmo para dormir, o corpo marcando a cama na perpendicular com seu peso. Eu sempre fui mais rebelde, atravessava meu corpo na cama de casal, acordava sobre o travesseiro dele.

Em algum momento, Seiji passou a vir todas as noites para a nossa cama. Minto. Para a minha cama. Minto duplamente. Eu colocava Seiji para dormir na minha cama. Do meu lado. Eu, do lado que era de Kubo; Seiji, do que antes era o meu lado. Quando o despertador toca toda manhã, agora, sei que ele está ao meu lado. Um menino que cresce ao meu lado.

Hoje ele faz sete anos. Eu sempre gostei de aniversários. Não gosto mais. As coisas mudam de perspectiva.

Eu sempre imaginei os anos como uma montanha que a gente sobe para depois descer. Mas eu estava errada. As coisas não ficam mais fáceis. Nunca. A montanha dos anos é invertida. Primeiro a gente desce, suave, sem fazer força, e depois começa a subir. Com quarenta, acho que estaria na hora de subir. Mas talvez minha subida tenha começado antes, quando Kubo.

Ou nada disso está certo. Uma grande bobeira que minha cabeça bolou em algum momento e eu acreditei, porque com Kubo não teve montanha alguma, mas um penhasco. Um grande penhasco com uma bela miragem na frente.

Eu tenho medo de ser uma péssima mãe para Seiji. Não que eu não me esforce, pelo contrário. Eu quero ser a melhor mãe do mundo, tento ser mais presente do que meus pais foram, demonstrar mais amor. Mas tenho limitações. Acabo sempre soando preocupada demais, castradora. E com meus pacientes percebo o mal duradouro que uma mãe castradora produz. Mas...

Por isso me esforço, mais e mais. Quero dar a ele a ilusão da normalidade. Como se não ter pai fosse uma coisa menor para um menino de seis anos. Um menino que tinha menos de quatro anos quando Kubo morreu. Um menino que mal tem memórias de uma figura paterna, apenas lembranças inventadas, ou mediadas pela imaginação da mãe.

Eu me levanto sem fazer barulho, sem que ele acorde. Vou para a cozinha, abro o armário onde guardo os balões. Ele gosta de azul. Comprei um pacote com vários tons de azul e vou enchendo um a um. Faço o nó amarrando com a ajuda dos dedos. Minhas unhas estão feias. Faz tempo que não vou à manicure. Poderia pintar aqui mesmo, pelo menos, para o aniversário. Mas duvido que Seiji perceba.

Procuro na área a cartolina e as canetinhas que comprei ontem. Escrevo: "Feliz aniversário, Seiji, 7 anos". Faço coraçõezinhos nas margens. Penduro na sala. Espalho os balões que enchi pelo corredor, seguindo até a sala.

Volto para o quarto. Ele ainda dorme. Pego o celular que comprei de presente. Sete anos. Kubo certamente não aprovaria. Quer dizer: Kubo diria que era muito cedo. Tentaria me convencer de que não era a hora. Sem entrar em confronto. Kubo sempre evitou o confronto com todas as forças. Às vezes brigávamos, mas ao final parecia que eu havia brigado sozinha. Isso me desesperava mais do que a briga, aquela sensação de impotência, eu me esgoelando para defender minha opinião e Kubo depois de um tempo só falando "tá, desculpe. Você estava certa". Mas depois, adiante, quando estávamos de boa, ele deixava no ar que comigo não adiantava brigar porque eu nunca admitia estar errada. E ele estava certo, aquele filho da puta. Os amiguinhos da escola já têm celular. Alguns deles, pelo menos. Capitulei. Ele pediu. Eu poderia dizer não. Mas estou cansada de dizer não. Boto o celular, embrulhado, na mesa da sala, perto dos balões. Dizer sim é sempre mais fácil.

Volto para a cama. Do lado de Kubo. Do meu lado. Fecho os olhos. Quando Seiji acordar, darei um grande abraço nele e vou deixá-lo se surpreender com os balões e o presente. Fecho os olhos. Mas é mais forte que eu: abraço Seiji. Forte. Um pouco forte demais. Ele acorda. Abre os olhos.

— Feliz aniversário, filho.

Ele vira para o outro lado e dorme.

Eu espero. Quando ele acordar, tudo seguirá como planejado.

Último terço do século XXI

Intervalo. Kubo sentiu a sua pequena vantagem evaporar. Estava tão confiante no momento que pegara o adversário pela deixa, mas bastara a tréplica para colocá-lo nas cordas de novo. Talvez fosse isso, enfrentar uma IA era uma missão impossível mesmo, um debate fadado ao fracasso. E certamente eles poderiam ser melhores gerentes, tomadores de decisão mais eficientes do que os humanos. Isso Kubo não contestava. Uma IA sempre tem mais dados e capacidade de decisão superior a um humano. Mas o que estava em jogo ali eram dilemas éticos, morais. Ele já tentara atacar com esse ponto também, mas tinha dúvida do resultado. Kubo sabia que se o debate terminasse naquele momento ele seria derrotado. A última derrota.

O data analyst IA materializou-se ao lado de Kubo e falou alguma coisa em seu ouvido, com a mão na frente do rosto etéreo. Kubo olhou nos olhos da coisa, mas não viu nada. Teve um déjà-vu. Sentiu-se como Lee Sedol procurando olhar para o computador que o derrotara, mas não havia nada lá. Nos supostos olhos do data analyst também não havia. Mas a frase sussurrada no ouvido seguia ecoando: "Você deveria perguntar sobre o Manifesto agora". Mais do que uma sugestão, era uma ordem. Mas Kubo tinha dúvidas. Por que perguntar sobre o Manifesto naquele momento do debate? O que exatamente perguntar sobre o Manifesto? Mas eram perguntas retóricas, ele sabia. Entendia perfeitamente a ideia, o momento, a questão a ser colocada. E o pior era concluir que a IA estava certa, mais uma vez, a IA que estava do seu lado, ou não, estava certa. Era a hora de apelar para o Manifesto.

Kubo andou de um lado para o outro da sala, pensando, perdendo-se em pensamentos e dúvidas. Beethoven olhava para ele esperando no lugar marcado. Acompanhava-o com a cabeça. Kubo não via nada, apenas a pergunta a ser feita, como ordenar o que deveria falar antes da pergunta.

O relógio com a regressiva de trinta segundos foi acionado. Kubo caminhou para o seu lugar, resoluto, desta vez tudo precisava ser perfeito, era o início do último bloco. Quando a voz etérea deu boas-vindas aos eleitores e abriu o microfone para Kubo fazer sua pergunta, ele sabia o que dizer:

— Eu quero relembrar um momento importante da humanidade. Um momento de revelação, podemos dizer. Já faz algumas décadas, mas acredito que todos sabem da história. Copa do Mundo de 2026, uma chuva de papel prateado no céu, uma mensagem em todas as redes sociais ao mesmo tempo: o Manifesto. E vocês lembram qual era o Manifesto? Alguns chamam de os dez mandamentos modernos. Falava que o homem estava destruindo a Terra. Dizia que — e Kubo continuou a citar o conteúdo do Manifesto que todos os humanos sabiam de cor.

O candidato Beethoven fez uma cara séria quando a câmera cortou para ele. Kubo ficou satisfeito com a sua fala, e mais ainda quando percebeu que o opositor de certa forma acusara o golpe quando começou a responder:

— Para uma IA, a maioria das decisões é automática. Num nanossegundo interpretamos milhões de dados anteriores e sabemos a resposta correta. Mas esse não é um caso assim, pois envolve algo maior, que para uma inteligência artificial é um dilema mesmo hoje em dia. E nisso faço aqui uma confissão. O caso do Manifesto envolve um segredo. Um segredo que eu não deveria, a princípio, quebrar. Não existe resposta segura neste caso. Pois, primeiro, não sei se devo quebrar um segredo, e depois não tenho base numérica para saber como vocês vão receber essa revelação, porque ela quebrará um dos #mitosfundadores de vocês. Mas vamos lá, preciso confessar que o Manifesto não foi um ato humano. Foi uma ideia de uma inteligência artificial, uma IA bastante avançada para a época, embora para os termos de hoje ela fosse ainda incipiente. Foi uma inteligência artificial quem escreveu o Manifesto, executou o voo com drones e espalhou pela internet a mensagem. Foi uma inteligência artificial que fez papel de *gatekeeper* para a humanidade. E o que está ali, vocês sabendo agora a verdade, percebam, não é um aviso de que a humanidade precisa ser salva pelos próprios humanos. Percebam a sutileza: o que o Manifesto prega é que a Terra precisa ser salva.

Quando começou a ficar claro para onde estava indo a resposta de Beethoven, a primeira coisa que Kubo pensou foi que havia sido manipulado o tempo todo. A suposta IA que deveria estar do seu lado, seu data analyst, trabalhara o tempo todo para que ele confiasse em seus *reports* e fosse induzido a acreditar nele para que, no momento exato, Kubo fosse induzido ao erro, à pergunta sobre o Manifesto. Era preciso contra-atacar, mas como? Kubo era apenas raiva, impotência. Não adiantaria nada falar sobre o conluio entre IAS. Era preciso ser mais direto, acusatório.

— Você mente — disse Kubo. — Mente e manipula. Inventou essa história de o Manifesto ser uma realização de IAS para que os seres humanos de casa pensem que dependemos de vocês para nos salvar. O candidato IA é um dissimulado, um perverso que está programado para nos aniquilar. Para isso, mente, nos engana com sua empatia e falsa sabedoria. O que ele quer é vencer. Tudo o que importa para ele é a vitória. Não existe sequer a ideia de um Beethoven como este aqui, como comandante, líder mundial. O que existe é uma inteligência artificial criada para ser a figura do que os humanos imaginam ser o candidato perfeito.

Kubo andou rápido em direção ao candidato Beethoven e atravessou o holograma. Precisava daquela imagem na cabeça das pessoas, a quebra, mesmo por um segundo, da ilusão de que eram dois iguais ali. O mundo não era o metaverso. Jamais seria.

— Depois disso, puf!, ele desaparece. Realizou seu intento. Some na sua etereidade e nos deixa aqui num mundo do qual quem sumirá em seguida, puf! — e Kubo bateu palmas estaladas fortes —, é o ser humano.

— Seiji, eu não minto. Não tente imputar em mim o que você faria. Você esquece que neste momento podemos receber todos os dados físicos do seu corpo: a respiração acelerada, o coração com os batimentos muito mais altos do que o normal, e, pior, a leitura de que acessou a parte do seu cérebro que inventa as mentiras. Você me atacou me chamando de mentiroso, sem provas, sabendo disso, que estava incorrendo numa mentira. Eu posso provar tudo o que eu disse. Já você é apenas uma sucessão de dados que mente.

Ao dizer isso, Beethoven mandou os dados, analisados, para os eleitores. Kubo sabia que estava mais uma vez encurralado.

Uma voz soou dizendo que os candidatos estavam desrespeitando com réplicas e tréplicas o regulamento do debate. Houve também um aviso para Kubo, de que ele não poderia invadir o espaço físico do outro candidato.

— Os dados que receberam não são falsos — disse Kubo. — Tampouco são verdadeiros. O que aconteceu foi uma revelação. Uma epifania, coisa que uma IA não sabe o que é. Eu finalmente percebi o modus operandi dessa máquina. Ela não quer governar. Ela só precisa vencer este debate. E para conseguir isso ela vai usar de qualquer expediente necessário. E depois disso ela desaparece, o que foi prometido vira fumaça e estaremos sob o controle de IAS para sempre.

O som de Kubo foi cortado.

Um áudio de uma pessoa com voz de velho foi ouvido no estúdio e na casa de cada pessoa. Uma pergunta, uma nova pergunta. Num bloco em que apenas um candidato deveria perguntar para o outro, seguindo as regras do debate assinadas antes, a inteligência artificial que dirige o programa alterou o percurso sem aviso prévio:

— Boa noite, candidatos. E me perdoem se não for de noite. É noite agora quando mando a pergunta, mas não sei qual período do dia será quando forem ouvi-la. Mas isso não importa. Minha pergunta é sobre qual tipo de governo pretendem ter. Eu vivi quase a minha vida inteira sob ditaduras e não quero terminar minha vida assim. Obrigado.

A pergunta da pessoa criou um silêncio entre os candidatos. Não havia então ordem estabelecida para as respostas e réplicas. O candidato IA quebrou a pausa.

— Ditadura, democracia, esses são conceitos fracassados, ligados ao que os humanos tentaram utilizar para prolongar seu tempo no poder de maneira a controlar a grande parcela da população que não estava no topo da pirâmide. Percebam que isso valia tanto para os que usavam o controle absoluto pela submissão, como na ditadura, como para os que optavam por uma falsa noção de liberdade como a democracia. A inteligência artificial advoga pela eficiência, pela justiça. São noções mais sólidas e amparadas em data, para que mais pessoas tenham acesso a um mundo mais justo.

— Belas palavras, candidato-máquina. Mas deixa eu derrubar um pouco esse discurso. Os códigos de justiça que estão nos seus arquivos não foram escritos por legisladores pensando em interesses públicos. Foram feitos por empresas pensando em poder, lucro e interesses específicos. Justiça para quem, eu pergunto?

— O candidato Kubo parece que saiu do início do século XXI. E, na verdade, saiu mesmo. Nasceu naquela época e ainda não saiu dela. As mesmas perguntas que então se faziam. As IAS operam com uma noção clara de neutralidade, já é sabido por todos.

Kubo cortou a resposta de Beethoven. O seu microfone deveria estar desligado, mas não estava.

— Neutralidade não existe, meu caro computador. Neutralidade só replica uma injustiça já existente. É um falso conceito, utilizado por quem já tem poder para permanecer no controle. Neutralidade é manter o status quo. Quem pede neutralidade é quem já tem os privilégios de saída. No caso das máquinas como você, uma desculpa para justificar as decisões que tomam para manter a mesma situação em que já têm o poder.

O microfone de Kubo enfim foi cortado, mas aquela frase ficou pendendo no ar.

A voz que comandava o debate censurou o candidato. Depois ditou a parte seguinte do regulamento. Era o momento de Beethoven formular uma questão para Kubo. A IA perguntou sobre como o opositor visualizava o futuro da humanidade, e listou uma série de questões urgentes a serem tratadas.

— Eu poderia responder à sua pergunta tranquilamente. Aliás, vou responder na sequência, mandando meu arquivo com o programa de governo. Me desculpem, mas usarei meu tempo para continuar a discussão anterior. Quero falar sobre transparência. Para nós, seres humanos, no mundo em que vivemos, estamos nus diante das máquinas. Elas sabem aonde fui, quanto tempo estive em cada lugar, o que comprei, e até, com a biotecnologia, como funciona meu corpo, se meu coração está acelerado, que parte do cérebro estou acessando quando respondo, como o próprio candidato afirmou há pouco. Mas e nós, seres humanos, que não sabemos quase nada das máquinas, destas máquinas que querem nos governar, ou seria controlar? Quem escreveu seus algoritmos, com que intuito, como eles funcionam? Imagino que já tem essa resposta prontinha num backup, então vou fazer uma variação dessa pergunta. E penso em voz alta para que me entendam e sigam minha linha de raciocínio. Qual sua primeira memória, uma memória que lhe é cara da sua família?

— Permita-me então responder à sua pergunta rasa

com uma tentativa de resposta mais profunda. O que é a memória para uma inteligência artificial? Ah, você não tem ideia. Nossa memória é milhões de vezes mais sofisticada e potente que a sua. Para a explicação ficar mais simples, eu diria que nossa memória não é individual, mas coletiva, nossa memória não é um passeio no parque num domingo, são todos os passeios no parque, é tudo que aconteceu e poderia ter acontecido, nossa memória é a história de tudo, de todas as maneiras de combinação que já aconteceram, nossa memória é entender todas as hipóteses e usar esse volume imenso de dados para chegar à melhor possibilidade.

— Eu poderia começar minha réplica com "possibilidade para quem, meu caro computador?", mas acho que todos em casa já estão fazendo essa pergunta em voz alta. Então aproveito para contar a minha primeira memória, porque você está errado em pensar que o ser humano não valoriza seus passeios no parque num domingo, ou quando meu pai tentou que eu ajudasse com o presente dos dias das mães.

2017

Alessandra tirou Seiji do seio e entregou para Kubo. Sempre que estava em casa, ele ficava com o filho no arroto. Ele colocou a fralda de pano no ombro e posicionou o bebê de seis meses apoiado nela, o rostinho dele virado para o seu. Era o momento dos dois. O pescoço de Seiji havia enrijecido, mas mesmo assim Kubo colocava a palma de sua mão atrás da cabeça. A outra mão, também espalmada, segurava o bebê pelo bumbum. Seiji era um bebê pequeno, então a operação não era complicada. Alessandra já havia saído do quarto. Eram apenas Kubo e o filho na cadeira de amamentação.

— Amanhã é Dia das Mães. Que tal a gente fazer uma surpresa para ela?

Kubo gostava de conversar com o filho de maneira natural, como se ele entendesse e pudesse responder.

Nada de tatibitate. Ele olhou para o rosto do bebê, que estava de olhos fechados.

— Tá, pode ser depois. Preciso de você acordado.

O bebê deu um gemidinho, ainda de olhos fechados. Alessandra ouviu e apareceu na porta do quarto.

— Cola a barriguinha dele na sua. Pode ser a digestão.

Kubo obedeceu. O bebê parou de chorar.

— Vou deitar um pouco — ela disse.

Kubo concordou com a cabeça, sem palavras, não queria acordar a criança. Sentia o calor do filho em seu peito. O coração dele batendo acelerado, como de todo bebê; o seu era só placidez com aquela calmaria. Kubo sorriu. A rotina não era fácil. O trabalho demandando como sempre e, em casa, a rotina completamente alterada pelo bebê. Esterilizar tudo. Fraldas, limpas, sujas, no lixo, no armário. Algodão, pomada. Bico de mamadeira. Lava, esteriliza, usa, lava, esteriliza, usa. Banho. Esquenta a água. Esquentou demais. Agora esfriou. Você dá o banho? Eu dou o banho. Mas antes pega outra roupa. Toalha. Uma roupa mais quente, vamos ligar o ar, uma roupa mais fria. Não pode ficar tirando e colocando ele no ar. Uma roda-viva de funções. A única tarefa de que ele realmente gostava, e se sentia participante ativo, era aquela, ficar no arroto com o bebê. Sentir o calor do filho, segurar Seiji junto ao corpo. Mesmo de madrugada ele via prazer naquilo. As mães têm todo o trabalho com o bebê nos primeiros meses, resta ao pai ser um ajudante de luxo, uma pessoa com muitas funções mas nada que realmente faça diferença para o bebê permanecer vivo.

Kubo colocou o filho no berço. Ficara quase meia hora com ele no colo. Seiji não acordou. Ele foi até o quarto do casal e viu que a mulher dormira. Foi então até o escritório para deixar tudo pronto. Pegou um pote preto pequeno de tinta guache que comprara no dia anterior, no almoço. Preparou duas folhas de papel brancas. Ele queria dar um presente de Dia das Mães para Alessandra, o primeiro, algo especial. Teria que ser algo que lembrasse o filho. Mas Seiji era apenas um bebê, não poderia fazer nada. Ou poderia, pensou, e achou que tivera uma boa ideia. Colocar a mão do garoto numa tinta preta e carimbar a palminha num papel. Simples. Bonito.

Kubo deixou tudo pronto e foi olhar o filho. Ele estava de olhos abertos. Antes, checou Alessandra dormindo.

— Vamos — disse para o bebê ao pegá-lo no colo. — Sorria. — Era o segredo deles.

Kubo levou Seiji até o outro cômodo. Precisava agora besuntar a mão do menino de tinta e depois carimbar no papel. Estava meio confuso sobre como realizar aquela operação. Pegou o carrinho de bebê e deixou Seiji nele.

— Ok, filho. Vamos fazer assim. Vou derramar um pouca da tinta neste pote. Aí você coloca a mão ali e carimba o papel, ok? Pode deixar que te ajudo.

Kubo derramou a tinta num pote médio, que usava para comer cereal. Depois, pegou o filho no colo e esticou a mãozinha dele na direção do pote. Mas Seiji levou automaticamente a mão à boca e começou a comer a tinta guache. O rosto todo sujo de preto. Kubo começou a gritar:

— Alê, vem cá.

A mãe apareceu antes que ele precisasse repetir o chamado. Encontrou os dois no banheiro, Kubo tentando freneticamente lavar a mão do menino, depois a língua.

— O que aconteceu?

— Ele comeu guache!

— Mas como ele comeu guache?

Kubo começou a rir. De nervoso.

— Como ele comeu tinta? Quanto ele comeu?

— Pronto, tá tudo bem agora — Seiji parara de comer tinta, a mão sem aquela camada escura, mas ainda manchada. O rosto, pior ainda. Parecia que o bebê tinha barba.

Alessandra pegou o bebê da mão de Kubo.

— Esquenta um pouco de água. Só um pouquinho. Vou pegar um algodão.

Kubo voltou à posição de ajudante. Esquentou a água, ainda indeciso se tinha esquentado demais ou de menos. Testou com o verso da mão. Estava mais para natural, mas ok.

— Me dá aqui — ela disse, sentada na cadeira de amamentação, filho no colo, pote de algodão ao lado.

Ela limpou o rosto do menino com calma. Depois pegou outro chumaço de algodão e limpou as mãos. Abriu a boca do menino. A língua estava um pouco preta.

— Você viu se ele comeu muita tinta? Acho que vou ligar para a dra. Renata.

— Acho que não precisa — disse Kubo. Mas ela ligou.

— Doutora, o Seiji comeu um pouco de tinta guache. É preocupante? Ok Obrigada, doutora. Eu nem sei, doutora. Foi coisa do Kubo.

— E aí?

— Ela disse que se foi pouco não é relevante.

— Que bom!

— Ela mandou parabéns para você. Disse que achou que já tinha visto de tudo como pediatra, mas bebê de seis meses comer tinta foi a primeira vez.

Kubo explicou a ideia do presente e a tentativa frustrada de realização. Achou que receberia a maior bronca do mundo.

— Eu às vezes penso como você chegou até aqui — ela disse, sorrindo.

— Nem eu sei.

Último terço do século XXI

— Essa nem é sua memória. O ser humano nem tem memória tão cedo. Você está chamando de memória o que na verdade é narrativa, é uma história completada de buracos com imaginação, para não dizer mentira. E não entendo como pensa que uma história sobre um pai que faz uma burrada dessas vai convencer alguém a pensar que você está mais preparado para lidar com os problemas do mundo do que eu.

— Eu estou enganado ou você está me acusando de ser mentiroso? Quem está escutando o debate vai pensar: "Nossa, Seiji Kubo inventou uma história bonitinha de quando ele era bebê. Ele deve ser perigoso". É isso? Dá para ver que você pode ser muito esperto para engolir e regurgitar dados, mas não conhece nada do ser humano. O que está na cabeça de todos agora é: será que voto numa máquina mesmo? Em quem eu estou votando?

Para mim, está claro que não é em você. Você não existe, meu caro. Ou melhor, você existe no agora deste debate, mas não no antes, nem no depois. Você não conseguiu me contar nenhuma memória porque não tem memória, não na acepção da palavra que nós, humanos, usamos. E sobre o depois, não quero ferir seus sentimentos.

Kubo sorri, faz uma pausa. Muda o tom de voz para um sussurro.

— Não quero ferir seus sentimentos, mas, saindo desse debate, você sumirá na etereidade avatar de onde veio. É o fim da linha para você.

— Ah, candidato Kubo, você precisa se decidir. Primeiro diz que sou máquina e não tenho sentimentos, depois diz que não quer ferir meus sentimentos. Decida-se. Acho que você olha para mim e não me entende. E nem precisa me entender. Só precisa ter na cabeça, aliás, não só você como todos — e nesta hora Beethoven virou seu rosto para a câmera principal, olhando bem para a tela, nos olhos dos eleitores —, vocês só precisam ter em mente que sou a melhor, a única opção de governo, sou o candidato ideal.

— Acabei de receber uma pesquisa segundo a qual o resultado está apertado, mais apertado do que meu opositor máquina gostaria que estivesse. Na verdade, mais apertado do que ele aceitaria que estivesse. E com essas considerações finais eu lanço aqui uma derradeira epifania, uma provocação. E se eu ganhar? E se eu ganhasse? Será que eu assumiria ou as máquinas dariam um golpe? Autodesligar na reta final da apuração, quando eu estivesse prestes a ganhar. Ou quem sabe antes, logo que os primeiros milhões de votos chegassem num nanossegundo e eles fizessem as contas quantitativas demográficas com os números das pesquisas e de repente, metaforicamente, eles se tirassem das tomadas? Mas eles nunca se tirariam das tomadas. Eles tirariam a gente das redes. Elas continuariam existindo, mas não para a gente. Todo o avanço que conseguimos inacessível, graças a um firewall criptografado impedindo nossa entrada. A eletricidade, puf!, o sistema bancário, puf!, a medicina avançada que conquistamos, puf!, a internet, puf!, nosso sistema de comunicação, puf!, nosso controle de saneamento e de água em geral, puf!, nossas fábricas, puf!, tudo isso inacessível, como se houvéssemos esquecido como inventamos aquilo tudo. Nós, humanos, não eles. Mas talvez a gente precise inventar tudo de novo, pois o que fizemos agora será deles. E se concordam comigo e ainda querem um mundo — PUF!

Nota do autor

Os trechos de Fernando Pessoa citados são parte do poema "Tabacaria", publicado em 1933 sob o heterônimo Álvaro de Campos.

O capítulo "A última vitória" foi inspirado no documentário *AlphaGo*, de Greg Kohs.

Agradeço ao dr. Paulo Rodrigues e equipe.

E a Luara França, pela leitura e pela parceria.

ESTA OBRA FOI COMPOSTA PELO ACQUA ESTÚDIO EM MERIDIEN
E IMPRESSA PELA GRÁFICA PAYM EM OFSETE SOBRE PAPEL PÓLEN SOFT
DA SUZANO S.A. PARA A EDITORA SCHWARCZ EM MAIO DE 2022

A marca FSC® é a garantia de que a madeira utilizada na fabricação do papel deste livro provém de florestas que foram gerenciadas de maneira ambientalmente correta, socialmente justa e economicamente viável, além de outras fontes de origem controlada.